KB269579

법정 스님 결 따라 사람을 잇다

법정 스님 결 따라 사랑을 잇다

변택주 지음

큰나무

차림

어떻게 사랑해야 할까?　6
명상에 드는 걸음　11

첫째 마디 —————— 결

눈부처　19
동무는 내 거울　22
해피 유어 버스데이　24
스승과 겨울 안거를 난 이끼　29
부부 사이를 명상하다　32
느낄 줄 아는 우리 아이, 느낄 줄 모르는 에이아이　37
네가 있어 이웃이 맑고 향기로울 수 있기를　44
제 소리를 까맣게 잊어버려? 웃기지도 않는군　47
사랑은 셈할 겨를이 없다　52
사랑은 따뜻한 눈길　56
천주님 사랑과 부처님 자비는 한 보따리　60
사이를 명상하다　69
나 있다　77
살아 있는 것은 다 안녕하라　82

둘째 마디 —————— 켜

아이 낳아 기르면서 어머니가 된다　91
힘없는 손이라도 빌려주련다　96
생명 뿌리　101
등 뒤에서 지켜보는 눈길　106
마음, 곱게 써야 맑게 닦여　110
나무 법정 인로왕보살 마하살　113
다 하지 말고 남겨두라　119

착한 짓 받들어 하라　　122

남이란 제 마음속에 떠올리는 그대로 나타난다네　　125

밥을 명상하다　　131

욕심은 부리는 게 아니라 버리는 것　　134

네 첫 마음 아직도 있느냐　　141

국문과를 나와서 글 쓰시나요?　　147

죽음을 명상하다　　152

불타는 아마존을 명상하다　　159

셋째 마디 ——— 틈

휘둘리지 않을 마음 명상　　169

생각은 숨어 있는 말이요 말은 드러난 생각이다　　179

낡은 말을 벗고 새 말을 입으려면　　186

침묵이 받쳐주지 않는 말은 소음　　193

참다운 말결은 그대로 정성　　197

사람은 책을 만들고　　201

깨닫는 순간 불자이기를 멈춰　　210

소리를 명상하다　　214

일을 명상하다　　218

배움터와 일터를 명상하다　　223

외로움을 명상하다　　232

시간을 명상하다　　238

시간을 살리다　　243

이제 아니면 언제, 내가 아니면 누가?　　248

조금 떨어지면　　254

잇기에 사랑할 수 있어　　258

번거로운 검은 의식 하지 말고
사리를 찾으려고 하지도 말며
관과 수의를 마련하지 말고
입던 옷 그대로 다비(화장)하라.

법정 스님이 돌아가시면서 남긴 말씀이다. 스승이 널도 없이 입던 옷 그대로 대나무 평상에 누워 길상사를 떠날 때, 사람들은 "스님 추우실 텐데…" 하며 흐느꼈다.

어찌하여 사리를 찾지 말라고 하셨을까? 스승은 도겐 스님이 펴낸 『정법안장』에서 「행지」편을 아껴 길상사 주지실 이름을 '행지실'이라 했다. 행지란 참다운 살림살이를 일컫는 말씀으로 행지실은 살림살이가 참다운 이가 머무르는 곳이다. 살림살이란 '너를 살릴 때 비로소 내가 살 수 있다는 뜻을 새겨 이웃을 아우르는 삶'을 일컫는다. 그러니 사리를 찾지 말라고 한 까닭은 눈에 드러난 사리 말고, 뜻 사리를 이어 참답게 살라는 말씀이다.

법정 스님 뜻 사리 가운데 하나가 '맑고 향기롭게'다. '맑고 향기롭게'가 아우르는 말머리가 마음과 세상, 자연이다.

＊마음을 맑고 향기롭게

· 욕심을 줄이고 만족하며 삽시다.

· 화내지 말고 웃으며 삽시다.

· 나 혼자만 생각 말고 더불어 삽시다.

＊세상을 맑고 향기롭게

· 나누어 주며 삽시다.

· 양보하며 삽시다.

· 남을 칭찬하며 삽시다.

＊자연을 맑고 향기롭게

· 우리 것을 아끼고 사랑합시다.

· 꽃 한 포기, 나무 한 그루 가꾸며 삽시다.

· 덜 쓰고 덜 버립시다.

마음먹으면 누구나 할 수 있는, 이 살림살이가 바로 '행지'다.
나는 '맑고 향기롭게'가 저마다 제자리에서 할 수 있는 살림살이라고 여겨 도법 스님이 내민 손을 잡고 '붓다로 살자'와 '붓다의 대화'를 하고, 윤구병 선생이 내민 손을 잡고 '으라차차영세중립코리아'라는 모임을 만들어 나라 곳곳에 평화 풀씨를 퍼뜨리려고 모래 틈에라도 들어갈 만큼 아주 작은 '꼬마평화도서관'을 열고 있다. 2014년 12월 9일부터 이제까지 모두 쉰여섯 개를 열었다.

아울러 2015년부터 이곳저곳에서 『무소유』를 비롯한 법정 스님 책을 소리 내어 읽고 뜻을 나눈 지 열 돌을 맞은 올해 1월부터 9월까지 다달이 두 차례, 스승 말씀을 담은 『진짜 나를 찾아라』를 뜻 맞는 이들과 어울려 읽고 얻은 느낌을 나눴다. '책을 켜다, 나를 켜다'란 모임으로 책을 바이올린 켜듯 소리 내어 읽으며 불을 켜듯 나를 밝힌다는 말이다. 나만 불자이고 다른 이들은 기독교인과 천주교인이거나 종교가 없다. 이 가운데 몇몇은 아직도 『진짜 나를 찾아라』 글귀를 손으로 한 자 한 자 베껴 쓰고 있다.

세상에 있다는 것은 함께 있다는 뜻입니다. 홀로 살아가는 것이 아니고 같이 살아가는 것입니다.

… 가지들이 뿌리를 공유하여 물과 양분을 빨아들이듯이 우리는 같은 나무에서 뻗은 가지들입니다. 서로 영향을 주고받으면서 함께 살아가지 않을 수 없는 그런 존재들입니

다. … 기쁨과 슬픔을 나누어 가질 수밖에 없으므로 이웃이
됩니다.

절제는 삶의 여백과 같은 것인데, 우리는 그 여백을 지구로
부터 빼앗았습니다. 포만은 사람의 눈을 잃게 합니다. 포만
은 또 포만해지기 쉽습니다. 넘치고 가득한 것이 사납고 거
만해지는 것입니다. 좀 모자란 듯해야 정신의 균형이 잡힙
니다. 균형이 잡히면 품위가 생깁니다. 품위란 그 사람의
향기와 같은 겁니다. 그 향기가 이웃까지 전해집니다.

모든 이웃은 뿌리가 되고, 부처님이나 보살은 꽃과 열매가
됩니다. 자비의 물로 이웃을 이롭게 하면 지혜의 꽃이 피고
열매가 맺습니다. 그러므로 이웃이 없다면 보살은 끝내 깨
달음을 이루지 못할 것입니다.

'책을 켜다, 나를 켜다'에 어울리는 동무들이 적바림한 울림들
이다. 더불어 살라는 울림들을 새기면서 스승이 결 고운 삶으로
우리를 일깨운 것은, 깊은 명상 끝에 얻은 '사랑'이라고 받아들
였다. 그 줄기는 이와 같다. 깨달음에 이르는 길은 두 갈래다. 명
상하기와 사랑하기다. 늘 깨어 있으면서 끊임없이 참답게 저를
바꾸며 안으로 깊어지는 것이 명상이오, 따뜻한 눈길로 끝없이

보살피는 사이에 어리어 오르는 것이 사랑이다.

　아무리 생각해도 법정 스님이 우리를 흔든 바탕은 바로 사랑이다.

앞서 쓴 글을 다시 다듬으며 저무는 가을에

택주 비손

무엇을 좋아해서 즐기기보다 더 좋은 삶이 얼마나 있을까? 노래하기를 즐겨 여기저기 불려 다니다 보니 가수가 되어 있다면 더할 나위 없다. 잘하든 못하든 저 좋아서 하면 어깨에 힘이 들어가지 않는다. 그러나 방탄소년단처럼 되겠다고 마음을 다잡는다면 어깨에 잔뜩 힘이 들어가면서 고달프다.

명상은 무엇을 이루겠다는 생각 따위를 내려놓는 데서 비롯한다. 힘을 빼야 한다는 말씀이다. 힘 빼기는 빽빽하게 엉킨 마음을 성글게 푼다. 그릇에 담긴 걸 말끔히 비워내야 새로운 것을 채울 수 있듯 힘을 빼야 새로운 마음 결이 들어설 수 있는 겨를이 생긴다.

흔한 명상 몸가짐이 좌선이라고 하는 앉음새이다. 이 밖에 누워서 하는 누음새, 서서 하는 섬새, 걸으면서 하는 걸음새가 있다. 다른 몸가짐은 셋째 마디 '휘둘리지 않을 마음 명상'에서 나누기로 하고 여기서는 앉음새만 다룬다. 배로 앉지 말고 '앉음뼈'로 앉아 어깨 힘을 빼고 목을 쑥 빼어 등뼈를 곧추세워야 바른 앉음새다. 몸가짐이 몸을 바꾼다는 곽세라는『소녀를 위한 몸 돌봄 안내서』에서 이렇게 말한다. 달팽이가 기어가듯이 아주 느리게 숨을 들이마시고 내쉬면 마음이 느려지고, 생각이 느긋해진다고. 아울러 소프트아이스크림이 녹아 흘러내리듯이 어깨가 흘러내린다고 생각하면서 머리가 풍선처럼 떠오른다고 생각하면 머리 무게에 짓눌렸던 목과 등뼈가 절로 펴진다고 흔든다. 명상하는 몸가짐을 이보다 더 잘 풀어 말하기가 쉽지 않다. 명상할 때 숨은 가슴이 아닌 배로 쉬어야 한다.

명상하려는 까닭은 사람마다 다르다. ‘그저 마음만 놓이면 돼.’라고 여기는 이가 있는가 하면 ‘깊은 깨달음을 얻어야지.’ 하는 이도 있다. 어떤 쪽이더라도 명상은 이제 여기에서 오롯이 누리는 데서 비롯한다. 그러나 오롯이 들어간 것 같다가도 이내 머릿속에 잡생각이 들어오곤 한다. 이럴 때 ‘에이, 글렀어.’ 하면서 고개를 절레절레 흔들지 말고 그저 ‘이런 생각이 들어오는구나.’ 하고 알아차리면 된다.

명상은 생각을 억누르는 것이 아니다.

생각을 막으려고 하거나 들쑤시려고 하지 말고 들어오면 들어오는 대로, 나가면 나가는 대로 가만히 지켜보라. 지켜보면서 생각 틀과 생각을 일으키는 뿌리를 헤아려 짚을 때, 일어나는 생각 때문에 명상을 그르치지 않을 수 있다.

마음이 안정되어야 기도와 명상을 제대로 할 수 있습니다. 그러므로 기도하러 절이나 교회에 나올 때 법당이나 교회당 안에 들어서야만 기도가 시작된다고 생각하지 마십시오. 집을 나설 때부터, 차 안에서부터, 지하철 안에서부터 기도하고 명상해야 합니다. 시간에 쫓겨서 절에 빨리 가야 한다, 기도 시간에 늦지 않도록 가야 한다는 바쁜 생각을 가지면 기도도 아니고 명상도 아닙니다. 문을 나서면서부터 기도가 되어야 하고 명상이 되어야 합니다.

기도와 명상은 마련된 곳이나 마련된 시간에만 하는 것은 아닙니다. 안팎이 한결같아야 합니다. 기도와 명상이 끝나고 나서도 한결같아야 합니다. 대개 보면 방선, 참선하다가 잠깐 쉴 때 뒷방에서 잡담합니다. 기도가 끝나고 나면 기도하던 때와는 사뭇 다른 몸가짐을 하는 일이 허다합니다. 수행자는 이런 것에 속아서는 안 됩니다.

2004년 겨울 안거에 드는 날 스승이 하신 말씀이다. 살아가면서 명상을 한결같이 이어가야 한다는 뜻이다. 한결같음이 바로 명상이 비롯해야 하는 까닭이자 길이다.

생각이나 느낌이 일어나고 가라앉는 것을 오롯이 알 때 비로소 명상에 들었다고 할 수 있다. 명상에 든다고 함은 옳다 그르다를 가리지 않고 그저 일어나는 그 모두를 지켜보면서 생각이

나 느낌이 일어나고 가라앉는 흐름 따라 더불어 흐르는 것이다. 그 흐름을 살피다 보면 어느새 안에서 일어나는 생각과 느낌을 헤아릴 수 있다. 무엇이 일어나든지 그것을 따라 흐르는 사이에 저도 모르게 생각이 내려 놓이면서 이제 이곳에서 오롯이 누릴 수 있다. 오롯이 안으로 돌이켜 깊이 무르익을 때 살림살이를 참답게 짚을 수 있다.

때를 맞춰 놓고 명상 시간을 가지라. 우리가 아무 잡념 없이 깊은 명상에 잠겨 있을 그때 우리는 곧 부처다. 우리 안에 있는 불성이 드러난 것이다. 깊은 명상 속에 있을수록 의문이 가라앉는다. 안으로 돌이켜 생각해보면 남에게 물을 일이 하나도 없다. 의문이란 마음이 명상하지 않고 들떠 있을 때 일어나는 현상이다.

진정한 스승은 밖에 있지 않고 우리 마음 안에 있다. 밖에 있는 스승은 다만 우리 내면에 있는 스승을 만나도록 그 길을 가리킬 뿐이다. 받아들이려면 늘 깨어 있어야 한다. 잠들어 있으면 놓치고 만다.

명상에 들면 우리 안에 있던 부처님 결이 움튼다는 말씀이다. 이 말씀처럼 명상은 누구를 따라 할 수 있는 것도 아니요 따라 한다고 깃들지도 않는다. 제 살림살이는 오롯이 제 속에서 우러나 이루어가는 것이다.

　오롯하니 생각과 느낌을 지켜보다 보면 이내 명상하는 이도 그것을 지켜보는 이도 사라진다. 그러면 그대로 사랑옵다. 저다운 살림살이는 사랑오운 틈에서 몽글몽글 솟아오른다.

첫째 마디 ──────────────────

결

내 것이라고 하는 것이 남아 있다면 모두
맑고 향기로운 사회를 이루는 일에 써달라.
이제 시간과 공간을 버리겠다.

눈부처

우리가 사랑이 빚은, 유물이잖아요.

사랑할 수 없다면 이미 멎어버린 가슴이 아닐까요?

사랑은 따뜻한 눈길이며, 끝없는 관심이에요.

어떤 것이 본디 사랑인가 생각할 때,

내 것으로 만들겠다는 것은 소유욕이에요.

사랑한다면

그이가 아름답게 살아갈 수 있도록 보살펴주고,

주고 또 주어도 모자란다고 여기면서,

아무 대가도 바라지 않아야 해요.

사랑할 줄 알아야 삶에 생기가 돌고 향기가 있어요.

"사랑을 떠나서는 살 수 없으셨지요?" 하고 묻는 동화작가 정채봉에게 스승이 내놓은 말씀으로 바라는 바 없고 내놓아도 내놓았다는 생각 없이 나누어야 비로소 사랑이라는 말씀이다. 바라는 바 없이 그윽하니 따뜻한 눈길을 건넬 때 그 눈동자에 눈부처가 들어선다.

화가 모딜리아니가 그린 사람 얼굴은 대부분 눈동자가 없다.
모딜리아니 아내가 물었다.

"어째서 눈동자를 그리지 않아요?"

"내가 그대 넋에 참답게 가닿아야 그릴 수 있지 않겠어요?"

서로 눈에 눈부처를 그리고 또 그리며 쌓인 사랑이 속 깊이 있는 넋을 울리고 나서야 눈동자를 그려 넣을 수 있다는 말이 아닐까. 하긴 호수처럼 맑은 눈동자를 보며 뼛속까지 맑아진다는 느낌을 받은 적이 있다. 바로 그때 그 느낌이 내 눈에 눈부처를 말갛게 그려 넣지 않았을까.

모딜리아니가 죽기 전에 그린 아내 초상에는 눈동자가 그려져 있다.

눈부처도 그려 넣었을 테지?

2016년 5월 사진 한 장이 에스엔에스를 뜨겁게 달궜다. 최재천 교수가 '우리 들꽃 포토에세이 공모전' 시상식에서 초등학교 1학년 어린이에게 무릎 꿇고 상장을 주는 모습이다. 어린이와 눈높이를 맞추는 이 그림에 많은 이가 아름답다고 했다.

"알아가려고 애쓸수록 헤아리고 사랑할 수밖에 없다."라고 얘기한 사람다운 모습이다. 볼 때마다 절로 입이 벙글게 하는 이 그림에서 두 사람은 서로 눈부처로 남았을 것이 틀림없다.

눈부처. 아무리 가까이 있어도 눈을 마주 보지 않거나 눈높이가 다르면 그려지지 않는다. 눈과 눈이 만나 내 속에 숨어 있는 부처, 곧 너와 어울리려는 마음이 네 눈동자를 거울삼은 것이다. 혼자 그릴 수 없는 눈부처는 네 눈동자에 맺혔더라도 틀림없는 내 모습이니 '나'다. 그러나 네 눈동자에 맺혔으니 '너'이기도 하여 너와 내가 사라진다.

너와 나는 둘이 아니며 서로 다르지 않다는 뜻이 고스란하다.

그래서 네가 겪는 어려움, 내 어려움으로 받아들여 풀어나간다.

여느 사람들은 서로 마주 봐야 눈부처를 그릴 수 있으나 부처는 모든 이와 눈부처를 이룬다. 그래서 무학대사가 서로 욕을 하기로 한 놀이에서, 무학대사한테 돼지 같다고 하는 이성계에게 "임금께서는 부처님 같습니다."라고 했을 테다. 눈부처 그리기에서 한 걸음 더 나아간 이가 천수천안관세음보살이다.

온갖 눈길로 소리 살피고 갖은 손길로 살리어 사는 보살피이.

절집에서 말하는 보살을 우리말로 풀어 만든 '보살피이'는 바라는 바 없이 주고 또 주어도 주었다는 생각 없이 '보살피어 살리어 사는 사람'을 일컫는다.

동무는 내 거울

만남에는 그리움이 따라야 한다.

그리움이 따르지 않는 만남은

이내 시들해지기 마련이다.

진정한 만남은 서로 눈뜸이다.

영혼에 울림이 없으면 만남이 아니라

한때 마주침이다.

영혼을 울리는 만남을 가지려면

저를 끝없이 가꾸고 다스려야 한다.

좋은 동무를 만나려면

먼저 내가 좋은 동무감이어야 한다.

왜냐하면 동무란 내 부름에 대한 응답이기 때문이다.

끼리끼리 어울린다는 말도

여기에 뿌리를 두고 있다.

이따금 읊조리던 말씀이라 스승이 본디 하셨던 말씀과 좀 다를 수 있다. 친구를 동무로 바꿨다. 동무가 더 도탑게 느껴지기 때문이다. 동무는 어깨동무에서 알 수 있듯이 서로 어깨를 겯을 만큼 스스럼이 없는 사이를 가리키는 말이다.

길동무, 말동무, 글동무, 소꿉동무, 씨동무, 단짝동무…….

이 가운데서 나는 씨동무라는 말이 좋다. 씨동무는 씨앗처럼 함부로 하기 아까운 동무라는 말이기 때문이다. 예전에는 사귀자는 말도 "동무하자"라고 했다.

어떤 사이라야 참다운 동무일까?

스승은 저마다 제 세계를 가꾸면서 어울려야 참답다고 말씀했다. 서로 제빛을 잃지 않으면서 어울릴 때 아름답다는 말씀이다. 한 자락에 떨면서도 따로 떨어진 거문고 줄이 붙어 있으면 소리를 낼 수 없듯이 동무 사이도 알맞게 떠야 도탑다.

텃밭에서 이슬이 내려앉은 애호박을 보고 동무한테 따서 보내주고 싶은 마음, 들길이나 산길을 거닐다가 야트막이 피어 있는 들꽃을 보고 느끼는 설렘을 나눠주고 싶은 마음……. 그런 마음이 일어나는 사이라야 떨어져 있어도 멀리 있다고 느껴지지 않는 사이라고 스승은 말씀했다.

"아내 얼굴에 남편 얼굴이 담겨 있습니다. 남편 얼굴을 봐도 아내 얼굴을 그릴 수 있습니다. 동무는 내 거울입니다."

내가 이따금 혼인을 기리면서 나누는 말씀이다.

나는 부부야말로 가장 가까운 동무라고 생각한다.

부처님오신날 길상사를 찾은 서양 여성이 스승에게 비손하며 꾸벅 반절한다.

"해피 붓다 버스데이 Happy Buddha's birthday

(부처님 나신 날 기립니다)!"

스승도 비손하며 마주 말씀한다.

"해피 유어 버스데이 Happy your birthday

(그대 나신 날을 기립니다)!"

그대가 오늘 이 자리에 부처님으로 태어나라는 우레다.

2005년 부처님오신날 저녁 길상음악회에는 김수환 추기경이 찾아와서 기쁨이 더했다. 이날 잔치에서는 불자 발원문 대신 이해인 수녀가 지은 시 '부처님오신날'이 길상사 뜨락을 촉촉이 적셨다.

부처님
당신께서 오신 이날
세상은 어찌 이리

아름다운 잔칫집인지요!
……

부처님오신날은 또한 우리 생일
평범한 일상에서 충만한 법열을 맛보는
날마다 새날 날마다 좋은 날
……

이해인 수녀는 '부처님오신날은 우리 생일'이라고 했다.
1986년 부처님오신날 성철 스님이 내놓은 말씀도 이러했다.

교도소에서 살아가는 거룩한 부처님들,
오늘은 당신네 생신이니 축하합니다.
술집에서 웃음 파는 엄숙한 부처님들,
오늘은 당신네 생신이니 축하합니다.
밤하늘에 반짝이는 수없는 부처님들,
오늘은 당신네 생신이니 축하합니다.

꽃밭에서 활짝 웃는 아름다운 부처님들,
오늘은 당신네 생신이니 축하합니다.

구름 되어 둥둥 떠 있는 변화무상한 부처님들

바위 되어 우뚝 서 있는 한가로운 부처님들

오늘은 당신네 생신이니 축하합니다.

물속에서 헤엄치는 귀여운 부처님들,

허공을 훨훨 나는 활발한 부처님들

교회에서 찬송하는 경건한 부처님들,

법당에서 염불하는 청수한 부처님들

오늘은 당신네 생신이니 축하합니다.

……

천지는 한 뿌리요, 만물은 한 몸이라.

일체가 부처님이요, 부처님이 일체이니

모두가 평등하며 낱낱이 장엄합니다.

부처님오신날을 우리가 난 날이 되도록 하려면 무엇을 어떻게 해야 할까?

스승은 2000년 "오늘은 부처님이 오시는 날"이라고 콕 짚고, 부처님은 자비심에서 오신다고 흔들면서 청정심을 돌이키는 것이 바른 깨달음이라고 했다. 그런데 이번에 스승이 1972년 가장 먼저 펴낸 수필집『영혼의 모음』을 보니까 '오시는 날'이란 제목이 붙은 꼭지가 있다.

결

스승은 그때, 이미 우리가 부처님 분신으로 거듭날 때 이 땅에 사랑이 깃들 것이라고 여겼다는 말씀이다.

"날마다 새롭게 피어나세요."

스승이 책에 가장 많이 써주신 말씀이다. 제 안에 계신 부처님을 모셔내어 날마다 새로운 부처로 살라는 일깨움이다. 부처 눈엔 부처가 보인다. 날마다 부처로 살려면 가장 먼저 해야 할 일이 뭘까? 부처님은 무슨 일을 하려고 이 땅에 오셨는지, 어째서 아직도 부처님이 오셔야 하는지 깊이 살펴야 한다.

부처님은 출가하여 여섯 해 동안 뼈를 깎는 듯한 고행을 이어가다 마침내 알아차렸다.

‘몸을 괴롭혀서는 괴로움에서 벗어날 수 있는 길을 얻지 못하겠구나.’

괴로움으로 괴로움을 넘어설 수 없다는 깨달음 앞에서, 그동안 고행에 쏟은 열정이 아깝다며 머뭇거리지 않고 곧장 고행을 그만둔다. 그리고 나란다 강가로 가서 몸을 말끔히 씻고 선정에 들어 새벽 샛별을 보며 깨닫는다. 세상에는 동떨어진 나라는 것 없이 그물코처럼 이어져 있으며, ‘나’라고 콕 짚을 수 없을 만큼 머물러 있지 않고 늘 흐를 뿐이라는 것을.

그동안 모든 것이 흐름결(법)일 뿐이라는 것을 몰라 괴로웠구나, 누구라도 이 뜻을 제대로 알기만 하면 헛된 괴로움에서 벗어날 수 있다고 생각했다. 그 뒤로 한살이 내내 이곳저곳을 다니면서 살기 버거워하는 사람들을 일깨웠다.

스승과 겨울 안거를 난 이끼

침묵에서 뜻이 목젖에 차오른다.
삶이 담기지 않은 소리는
시끄러운 소리에 지나지 않는다.
산에 사는 사람들은 사람이 아닌
나무나 새, 바위나 곤충 또는 구름이나
바람한테 혼잣말을 할 때가 더러 있는데,
이럴 때 한 줄기 바람이
나뭇가지를 스치고 지나가듯
텅 비울 수 있다.

우리는 흔히 목숨이 붙어 있다고 여기는 것과 그렇지 않다고
여기는 것을 가른다. 그러나 스승은 사람 됨됨이처럼 쥐나 토끼,
푸나무나 돌멩이에도 됨됨이가 있다고 여겨 가리지 않고 무엇
이든 품었다.

도예가 지헌 김기철 선생이 곤지암에 작업장을 지었을 때 스
승이 오셨다. 집을 둘러보고는 서까래 끝에 못을 박아 풍경을 달
았는데 못 끝이 보이지 않았으면 좋겠다고 했다. 스승 말씀에 따

라 못 끝을 헝겊으로 감싸니 못과 풍경이 어우러져 은근해졌단
다. 이처럼 스승은 모든 사물에 됨됨이가 있으니 참답게 맞아야
한다고 여겼다.

늦가을. 떨어진 잎으로 덮인 길을 짚어 불일암으로 돌아오던
스승이 개울에 드문드문 박혀 있는 징검다리를 건너다가 문득
멈춰 섰다. 개울 한 귀퉁이에 있던 이끼 낀 돌을 집어 들고 혼잣
말했다.

"무 껍질이 두꺼운 것으로 보아 동장군이 제법 기승을 부릴
것 같으이. 그렇게 되면 이 이끼도 얼어 죽지 않겠는가. 그래서
내 사는 곳으로 데려가려고 하네. 이해해 주겠지. 작별 인사를
나누도록 하게."

암자로 들어선 스승은 하얀 그릇에 물을 받아 이끼 낀 돌을
올려놓고 말씀했다.

"처음은 낯설어 서먹서먹할지 모르지만 이내 서로 정이 들 거
야. 이건 차를 끓이는 주전자이고 저건 찻잔이네."

나들이하고 돌아온 스승은 이끼 덮인 돌에게 잘 다녀왔다며
잘 지냈느냐고 인사를 건넸다. 모진 바람이 몰아쳐서 나뭇가지
가 부러지는 겨울을 나고 이듬해 봄 개울 물소리가 커질 무렵.
겨우내 따뜻한 방 안에서 지낸 파랗게 물오른 이끼 낀 돌을 감
싸들고 개울가로 간 스승은 이끼 낀 돌이 본디 있던 자리에 가

만히 내려놓았다.

　약속대로 자네들 동무를 다시 데려왔네. 반갑지?

　암, 그렇고말고. 이제부터는 또 사이좋게 지내게나.

　그리고 능엄이, 자넨 다시 스스로 힘으로 살아가야 하네.

　제 삶을 남에게 평생 기대어 살면 뿌리가 썩어 버리는 법이야.

　아마 가뭄이 들거나 큰물이 질 때도 있을 테니 힘은 들겠지만 그런 어려움은 견뎌내야 하네. 그래야 사는 보람이 생기는 걸세.

　자, 그럼 잘 있게. 보고 싶으면 이따금 옴세.

　정채봉 동화 『꽃그늘 환한 물』에서 고쳐 다듬은 글이다. 정채봉은 이 글에서 이끼 긴 돌을 '능엄'이라고 했다. 세종 임금이 훈민정음을 만들고 나서 가장 먼저 우리말로 풀어낸 불경이 『능엄경』이다. 『능엄경』에서는 "마음이 일어나면 온갖 것이 따라 일어나고 마음이 없어지면 모든 것이 따라 없어진다."라고 했다. 마음 쓰기에 따라 극락이 펼쳐질 수도, 지옥이 펼쳐질 수도 있다는 말씀이다.

　이끼 긴 돌을 보듬은 스승에게 펼쳐진 누리는 어떤 곳이었을까?

부부 사이를 명상하다

너희가 지금은

죽고 못 살 만큼 서로 좋아하지만

속상하면 못 할 말도 하게 된다.

아무리 속상해도, 막말은 하지 마라.

막말하게 되면 상처를 입히고 사이에 금이 간다.

제가 한 말을 언젠가는 책임을 저야 하니

어떤 일이 있더라도 막말만은 하지 마라.

스승이 갓 혼인한 젊은이들에게 들려주던 말씀이다.

스승은 이렇게 일깨웠다.

부부는 여러 생을 거쳐 이번 생에 다시 만난 고마운 사이다. 그러나 저 스스로가 싫어질 때가 있듯, 살다 보면 뜻이 어긋나 다툼도 일어난다. 그럴 때 '우리가 몇 생 만에 이렇게 부부를 이뤘는데, 이번에 잘해야 다음에 또 좋은 낯으로 만나지.' 하고 생각해보라.

여느 가정은 부부에게서 비롯한다. 혼인은 사람과 사람이 만나 어우러지며 피는 꽃이다. 흔히 부부는 둘이 만나 하나를 이루며 더불어 살아가는 사이로 한 마음 한 몸이라고도 한다. 그런데 이 말을 잘못 받아들이면, 네가 내게 개여 있다고 여기거나 내 것이라고 받아들이기 쉽다. 그래서 그럴까? 요즘 사람들은 부부뿐 아니라 연인끼리도 서로 '내 것'이라 부르기도 한다. 그런데 내 것이라고 하면 저도 모르게 함부로 해도 괜찮다는 마음을 일으키기 쉽다.

'부부유별'이란 말이 있다. 이 말을 흔히 "부부 사이에는 해야 할 노릇이 달라, 여성은 주부 노릇을 잘해야 한다."라고 잘못 받아들이고는, 가부장제도에서 온 것이라고 몰아붙이는 사람이 적지 않다. 참으로 그럴까? 아니다.

맹자가 부부유별을 얘기할 때는 부부 사이에 해야 할 노릇이 뚜렷이 갈려 굳이 부부유별을 내세울 까닭이 없었다. 그런데도 부부유별이라 한 까닭은 부부는 서로가 서로에게 매인 사이가 아니라, 서로 북돋우며 우러러야 할 사이라는 것을 놓치지 말라는 일깨움이다.

부부는 사람이 지켜야 할 윤리가 움트고 기쁨이 자라는 뿌리이다.
비록 더할 나위 없이 가까운 사이이면서, 더없이 바르고 끝없이 삼가야 할 자리이다. … 세상 사람들은 예를 지키고

퇴계가 혼인하는 맏손자에게 건넨 말씀이다.

퇴계는 부인을 손님을 맞이하듯 우러렀으며, 부인도 남편을 손님처럼 우러러 물건을 손으로 건네지 않고 소반에 담아서 건넸다는 이야기는 부부유별 본보기라 할 수 있다. 여기에 우리나라 부부들이 서로 내 아내나 내 남편이라 부르지 않고 우리 아내, 우리 남편이라고 하는 까닭이 있다.

알 만한 이들도 아내가 남편에게 우리 남편이라 하고 남편이 아내에게 우리 아내라고 부르는 것은 잘못이라면서 "틀렸다!"라고 한다. 아니다. 아내가 남편에게 남편이 아내에게 우리 남편, 우리 아내라고 부르는 것은 나와 남편 또는 나와 아내가 '둘이지만 서로 떨어질 수 없이 깊이 사랑하는 사이'라고 여기기 때문이다. 아내나 남편을 내 아내, 내 남편이라고 부르다 보면 '내 것'이라는 생각이 들어 함부로 하기 쉽다.

결혼하려는 사람은 '참으로 이 여자와 또는 이 남자와 평생토록 터놓고 이야기 나눌 수 있을까?' 하고 물어야 한다. 오래도록 함께 살면서 터놓고 얘기꽃 피우는 것 말고는 다 덧없기 때문이다. 그런데 요즘 부부가 나누는 얘기 대부분은 꾸밈없는 나와 꾸밈없는 네가 아닌, 네가 내게 덧씌운 내 이미지와 내가 네게 덧씌운 네 이미지 사이에서 이루어진다. 이렇게 놓인 자리(현실)와 바람(이상)이 어긋나는 만큼 서로 하는 말을 달갑지 않게 받는다. 제멋대로 그럴듯한 허울을 덧씌우고 '남편이라면 모름지기 이래야 해.'라고 하거나 '아내라면 마땅히 이래야지.'라며 바란다. 그런데 안타깝게도 덧씌운 대로 되기를 바라는 마음과 고마움은 거꾸로 간다. 벗어나려면 어떻게 하야 할까?

짝꿍이 내 바람과 다르게 간다고 여겨질 때는 한 발짝 물러나서 속뜰을 열어 속내를 터놓고 어긋는 데를 하나하나 바로잡아 가야 한다. 마음을 활짝 열어 삶을 미덥게 살피고, 생각한 바를 함께 나누며, 뜻을 모아 이야기 줄기를 세우며 얘기꽃을 피워나가야 한다. 스승은 살아 있는 꽃이 아름다운 건 순간순간 제가 지닌 빛깔과 향기를 마음껏 드러내기 때문인데, 그러려면 애써 서로 깊이 살펴야 한다고 말씀했다.

사랑한다는 말이 넘쳐나는 요즘, 서상 사람들은 참으로 사랑하고 있을까? 짚어보면 참사랑을 깨달아 살아가는 하나하나가 그대로 사랑인 거룩한 이들과는 달리, 여느 사랑은 사이에 깃든다. 여느 사람이 받아들이는 사랑은 '하는' 울안이 아니라 '이루는' 울안에 있다는 말씀이다. 그래서 밥을 하거나 떡을 찔 때 김

이 어리어 올라오듯 사랑은 서로 한 결을 이루는 사이에 어리어
오른다.

부부는 서로 거울이다.

아내 얼굴에 남편 얼굴이 담겨 있고

남편만 봐도 아내를 그릴 수 있다.

세상에 집안만큼 종요로운 곳은 없다.

그 어느 곳보다 집안을 잘 살려야 한다.

그러려면 곁님 이야기를 가슴으로 들어야 한다.

물이 논에 들어 벼를 빛내고

산에 들어 나무를 빛내듯이 부부는

서로 네게 들어 너를 빛내야 한다.

이따금 혼인을 기리는 자리에 설 때 나누는 말씀이다.

느낄 줄 아는 우리 아이, 느낄 줄 모르는 에이아이

아이들은

텅 빈 물통이 아니라

씨앗 하나, 도토리 하나다.

어떤 식물학자나 정원사도 도토리에게

참나무가 되는 길을 알려줄 수는 없다.

그 작은 씨앗 속에

우람한 참나무로 자라나서 수백 해를 살고

도토리 수백만 개와

나뭇잎과 줄기를 만들 힘이 있다.

스승은 『새들이 떠난 숲은 적막하다』 '가장 좋은 스승은 어머니다'에서 생태운동가이며 교육자인 인도 사람 사티쉬 쿠마르 어머니가 한 말을 꺼내놓는다. 아이에게는 자연 못지않게 스스로 자랄 힘이 있어 태어난 그대로 될성부르다는 말씀이다.

도시에 살든 시골에 살든 어버이라면 누구나 '어떻게 하면 우리 아이를 잘 가르칠 수 있을까?' 걱정한다. 그런데 우리가 아이를 가르칠 수 있을까? 돌아보면, 기던 아이가 처음으로 일어설 때 내가 한 일은 아무것도 없었다.

보행기를 사준 날 어리둥절해하던 아이가 어느새 보행기에 타면 가고 싶은 곳으로 스스로 갈 수 있다는 걸 알아차리고는 자꾸 태워달라고 졸랐다. 어느 날, 아이가 보행기 밑동을 붙잡고 일어서려 애썼다. 일어서려다 미끄러지고, 또 일어서려다 엎어지기를 여러 차례. 꾹 다문 입에는 '꼭 일어서고야 말겠다.'라는 굳은 뜻이 서려 있었다. 손아귀에 힘이 들어가고, 얼굴이 벌게졌다. 안간힘 쓰기를 이십여 분, 마침내 일어선 아이는 울음을 터뜨렸다.

"으앙!"

드디어 해냈기에 터진 울음이었을까? 갓난아이가 걷기까지 수천 번 넘어진다고 하니 아이는 그 뒤로도 수없이 넘어졌을 테다. 교육학자 김종서 박사도 잘라 말씀했다.

> 아이들은 저 생긴 그대로 큰다.
> 그러니 가르치겠다는 생각을 버려야 한다.
> 아이들이 스스로 크지, 어버이가 키울 수는 없다.

어린 자녀들을 책상머리에 붙잡아두지 않고 산으로 들로 뛰어다니게 풀어놓았다는 김종서 박사는 이렇게 덧붙인다.

"애들한테 공부를 잘해야 훌륭한 사람이 된다는 말을 한마디도 한 적이 없어요. 애들을 학원에 보낸 적도 없어요. 저희가 가려고 하지 않는데 왜 보냅니까?"

아이들이 마음대로 하도록 풀어놓았다는 말씀은 아이를 놀리라는 말씀이다.

'놀리다'에서 '놀이'와 '노래'가 나왔다. 손발 놀리고 몸 놀려 뛰노니 '놀이'요, 목 놀려 부르니 '노래'다. 살림살이는 손발을 놀려 쓰고 목을 놀려 쓰며 피어간다. 놀지 못한 아이는 신바람을 일으킬 줄 모른다. 자연 속에서 뛰놀지 못한 아이가 자연과 가까워질 리 없고, 가까워지지 못하면 자연을 누릴 수 없다.

요즘 에이아이, 그러니까 인공지능 때문에 일자리가 줄어들고 있다며 한걱정들이다. 못하는 것 없는 에이아이가 두렵다는 얘기가 여기저기서 터져 나온다. 짚어보면 인공지능은 망치나 톱과 같은 연장일 뿐이다. 그러니 어렴풋이 에이아이를 두려워할 게 아니라 우리 아이가 에이아이를 잘 쓰는 사람으로 자라려면 어떻게 해야 할지 생각해야 한다.

먼저 에이아이가 잘하는 것과 못하는 것을 짚어봐야 할 것이다. 잘하는 것이 뭘까? ① 패턴을 읽고 ② 한꺼번에 많은 자료를 분석하고 ③ 거듭 되풀이하여 계산하기이다. 잘하지 못하는 것은 뭘까? ① 직관하지 못하고 ② 감정이 없고 ③ 맥락을 짚을 수 없으며 ④ 무엇보다 창의성이 없다.

그 까닭은 '놀이'를 하지 못하기 때문이다. 놀 줄 모르는 아이에게는 몸으로 겪으면서 일으키는 창의성, 곧 새 생각을 일으킬 힘이 없다. 그뿐인가? 느낄 수도 없다. 그러니 몸이 없는 에이아이에 창의성을 바랄 수 없다. 그저 있는 정보를 버무려 내놓을 뿐이다. 그러나 네모에 갇혀 사는 우리 아이는 에이아이를 따를 뿐 다룰 수 없을 테다. 아이를 놀려야 하는 까닭이다.

감나무 떡잎은 감나무일까 아닐까? 여리고 파랗던 감 떡잎이 가느다랗지만 튼튼한 줄기를 세워서 처음으로 쪼그만 고욤이 달렸다. 하나 따서 베어 물으니 몹시 시고 떫다. 이른바 땡감이다. 이 감은 옹글지 않을까? 옹글다는 말은 모자라거나 빠진 구석이 없이 본디 그대로라는 말이다. 고욤을 보고 옹글다고 여기는 사람은 없을 것이다. 여기서 생각해보자. 씨앗이 채 여물지 않은 고욤이 다디달다면 어떤 일이 벌어질까? 온갖 새와 짐승이 입맛을 다시며 달려들 테니, 감나무는 대를 이어 살아남을 길이 없다. 여리고 서툰 고욤은 그대로 옹글다.

먼저 여물어 스러지는 것이 어버이라면 차오르는 것은 아이들이다. 언니는 먼저 차오르는 이를, 아우는 나중에 어리어 오르는 사람을 이른다. 여물지 못한 열매가 그대로 옹글 듯 아이도 마찬가지다. 낳자마자 뛰어다니며 어미젖을 찾아 물거나 풀을 뜯어 먹기도 하는 다른 짐승들과는 달리 사람은 몸을 뒤집지도 못할 만큼 어설프게 태어난다.

그러나 돌이켜 보라. 사람이 다른 짐승들처럼 낳자마자 뛰어다니며 제 앞가림을 할 수 있었다면 살아남으려고 연장을 만들어 쓰고 불을 붙여 쓰면서 무엇을 배우려고 몸부림쳤을까? 사람들이 농사짓고 집이나 옷을 지으며 살아갈 수 있게 된 데는 남만 못하게 태어난 까닭이 클 것이다. 모자라는 그대로 옹글다는 말씀이다. "시거든 떫지나 말지!"라는 속담을 함부로 쓸 수 없는 까닭이다.

아이를 어른 잣대로 보지 말아야 한다. 어리다는 것은 '눈물 어리다', '사랑 어리다'에서 볼 수 있듯이 차오르는 것을 가리키는 말씀이다. 덜 차올랐다고, 덜 어리었다고 해서 모자라다며 딱하게 여겨서는 안 된다. 애늙은이, 웃자라서 문제가 될 수는 있어도 어려서 그르치는 일은 없다. 어려서 어수룩할 수는 있어도 어리석을 수는 없다. 어리석다는 말은 '얼이 삭다' 또는 '얼이 썩다'에서 왔다고 봐야 한다. 삭거나 썩은 건 되돌릴 수 없다.

부처님은 들은 것을 기억하지 못하거나 글 한 줄 외우지 못하는 사람에게도 어리석다 손가락질하지 않고, 북돋워 마침내 깨닫게 했다. 스승도 아이에겐 어른 못지않은 부처님 결이 있을 뿐 아니라 말갛기까지 하여 훨씬 부처님답다고 했다. 그러니 그 부처님 살림살이는 그이 뜻에 따르도록 해야 한다는 말씀이다.

소설가 최인호는 스승과 만난 자리에서 손녀에게 많이 배운다면서 다음과 같이 얘기했다.

"예수 그리스도는 '너희가 아이처럼 되어야 천국에 들어갈 수 있다.'고 했고, 불교에도 '천진불'이라는 말이 있지 않습니까? 혜월 스님도 동자승에게서 천진을 배웠다고 했고요. 전에는 무슨 뜻인지 알 것 같으면서도 몰랐는데, 이젠 확실히 알겠습니다. 아이가 아이가 아니더라고요. 아주 신비합니다."

스승은 이 말씀을 받아 이렇게 말씀했다.

영혼에는 나이가 없어요.

그저 몸을 가지고 나온 시간이 얼마 안 되었을 뿐

여러 생을 겪고 나왔습니다.

그래서 우리가 생각지도 못했던 말이라든가

배울 새 없었을 말들이 마구 쏟아져 나와요.

아이는 어른 어버이라는 말이 그 소리입니다.

몸 나이로 아이를 생각해서는 안 됩니다.

아이를 내 것이 아니라

같은 인격체로 맞아야 하는 까닭입니다.

아이는 그대로 옹글어서 저마다 제힘으로 너끈히 생각하고 스스로 자란다. 어버이는 그저 사랑 어린 눈길로 그윽이 지켜보다가 힘을 보태달라고 하거나 살펴봐 달라고 할 때 쓱 훑어보고,

결에서 크게 벗어나지 않았으면 "괜찮으니 뜻을 살려 나가보
라."라고 하면 된다.

돌아보니 아이는 가르치는 대로 되어가는 것이 아니라 제가
본 대로 귓결에 들은 데 따라 살아간다. 어버이 손이 많이 간 아
이일수록 제 앞가림이 더디고, 손을 덜 탈수록 어렵지 않게 제
결을 찾아간다. 이 나이 돼서야 "입으로 가르치니 대거리하고
몸으로 가르치니 따른다."라는 말에 담긴 뜻을 가까스로 헤아
린다.

아이들을 풀어놓아야 산업사회에 찌들어 죽어가던 느낌이
살아난다. 우리 아이가 삶을 제대로 느낄 줄 알게 하려면 어버
이부터 자연에 뛰어들어 놀면서 느낌을 살려야 한다. 아이를
네모난 틀에 가두지 말고 바깥으로 풀어놓아야 느낄 줄 아는
아이가 된다.

인공지능 시대를 살아갈 우리 아이데게 없어서는 안 될 것은
산업사회가 기른 힘이 아니다. 스스로 놀면서 살려낸 느낌만이
바로 인공지능을 다룰 수 있다. 틀에서 벗어나 참다운 느낌을 살
려낸 우리 아이만이 느낄 줄 모르는 에기아이를 부릴 테다.

네가 있어 이웃이 맑고 향기로울 수 있기를

아름다움은 또한 슬기로움과 서로 이어져야 해.

슬기로움은 우연히 얻어지는 게 아니야.

순수한 집중으로 제 안에 지닌 빛이 발하는 거지.

……

네가 있으므로 해서 네 이웃이 환해지고 맑아지며

향기로워질 수 있는 그런 사람이 되기를 바란다.

……

네가 있음은 절대이다. 없어도 그만이 아니란 말이다.

누이야, 이 살벌하고 어두운 세상이

그 청청한 네 아름다움에 힘입어

살아갈 만한 세상이 되도록 부디 슬기로워지거라.

스승이 『무소유』 '아름다움 – 낯모르는 누이들에게' 꼭지에서 남긴, 1971년에 쓰신 글이다. "맑아지고 향기로워질 것"이라는 말씀과 "청정한 네 아름다움에 힘입어 살아갈 만한 세상이 되도록 부디 슬기로워지거라."라는 말씀에서 스승이 1994년에 빚은 시민 모임 '맑고 향기롭게'를 떠올린 사람이 적지 않을 것이다.

스승은 "행여 깨달음을 얻으려고 수행한다고 생각하지 마라. 깨달음은, 굳이 말을 하자면 보름달처럼 떠오르고 꽃향기처럼 풍겨오는 것"이라고 하면서, 수행하는 까닭은 깨달음을 드러내려는 데 있다고 했다.

깨달음, 어떻게 드러내야 할까? 이웃이 환해지고 맑아지며 향기로워질 수 있도록 아우르면 된다. 슬기로움은 더하고 덜어낼 것이 없는 본디 깊숙한 마음자리로 들어가 이미 갖추고 있는 맑음을 드러내는 것으로, 본디 부처란 사람은 누구에게나 부처다움이 있다는 말씀이다.

우리는 햇볕과 물과 공기처럼 사람이 애쓰지 않아도 거저 누릴 수 있는 자연과 부모와 스승, 이웃처럼 수많은 보살핌을 받으며 살아간다. 내가 가졌다고 여기는 이것이 무엇이든 이 세상에 올 때 가지고 오지 않았으며, 떠날 때 가지고 갈 수도 없다. 내 것이라고 여기는 이것들은 다 잠깐 맡아 가지고 있을 뿐이다.

자연과 이웃에게 입은 사랑을 다 갚아야 빚쟁이로 남지 않는다. 이것들이 참으로 내 것이 아닌 줄 알고 나면, 나눔은 그저 본디 있던 자리로 돌려보내는 것이라는 뜻도 새기게 된다. 본디 내 것이 아니니 나눈다고 하여 아까울 것도 없다. 나라고 할 것도 없는데 하물며 내 것이 있을 수 있을까.

중이 밥값이나 해야 하겠다며 스승이 만든 시민 모임 '맑고 향기롭게'는 바로 이런 사랑을 펼치는 모둠이다. 가진 힘을 손아귀에 움켜쥐고 제게만 쓴다면 그 사람 그늘은 딱 거기에서 멈춘다. 그러나 나누면 나눌수록 가지가 시원하게 뻗어나가 넓은 그늘을 펼칠 수 있다.

맑고 향기롭게 사람들은 산에 갈 때 집게와 비닐봉지를 들고 다니며 쓰레기를 주웠다. 생각보다 쓰레기가 많았다. 그래서 날을 잡아 산에 있는 쓰레기를 치우러 다녔다. 어떤 벤치 밑 라면 봉지를 뽑아내다 보니 쓰레기가 1톤 트럭으로 하나 나오기도 했다. 기독교 모임에서 하는 밥차에 가서 밥을 퍼주거나 설거지를 하기도 했으며, 목욕탕 쉬는 날 거지들이 목욕할 수 있도록 했다.

스승은 가만가만 살살 이웃에게 건네는 말 한마디, 살포슴 하나, 착한 마음 움직임 하나가 '맑고 향기롭게' 바탕이 된다고 말씀했다. 첫걸음 크게 떼어놓으려고 할 것 없이 작은 걸음으로 사부작사부작 내디뎌도 세상은 맑아진다는 말씀이다.

제 소리를 까맣게 잊어버려? 웃기지도 않는군

> 제가 이미 부처임을 아는 것이 성불입니다. 내가 자꾸 깨친
> 다, 깨친다고 하는 것은 사람이 깨철 힘을 갖추고 있기 때
> 문이지 그렇지 않으면 만날 애써도 소용이 없을 것입니다.
> … 부처님께서는 인간에게 무진장한 대광맥, 금광과는 비
> 교할 수 없는 무진장한 광맥이 사람 가슴속에 다 있다는 것
> 을 발견하셨습니다.

"정말 사람이 성불할 수 있습니까?"라는 물음에 성철 스님이 내놓은 말씀이다. "제가 이미 부처임을 아는 것이 성불"이라는 말씀에서 놓치지 말아야 할 것은 '아는 것'이다.

길상사 일주문 기둥에는 '신광불매 간고휘유(神光不昧 萬古徽猷) 입차문래 막존지해(入此門來 莫存知解)'라고 조혀 있다. "어디에도 견줄 수 없이 거룩한 빛이 어둠을 헤치고 오래도록 빛나니, 이 문에 들어서면서 알음알이를 두지 말라."는 말씀이다.

〈유리 심장〉이라는 넷플릭스 드라마를 봤다. 음악 천재 후지타니가 밴드를 만들면서 덜 다듬어진 여성 드럼 연주자 아카네

를 밴드로 불러들인다. 힘껏 연습하고 녹음하는 날 둘은 녹음실
에서 이런 얘기를 나눈다.

후지타니: 아카네! 더 날뛰어봐, 더 드세게.

(아카네가 다시 힘차게 연주한다.)

후지타니: 안 돼. 뭔가 살짝 달라.

아카네: 뭘 고쳐야 할지 어디가 다른지 알려주세요.

후지타니: 그러면 내가 아는 아카네를 데려와. 여기로.

거칠어도 힘차게 연주했으나 섬세함이 모자란다는 얘기를 들
어온 아카네는 후지타니와 함께하면서 저다움을 잃어버린다.
그 뒤로도 쉴 새 없이 연습한다. 그러다 경쟁하는 밴드 오버 크
롬 리더 토야에게 이런 얘기를 듣는다.

토야: 너 후지타니에게 반했니?

아카네: 갑자기 무슨…….

토야: 엄청 후지타니스럽게 치길래.

아카네: 아, 저는 순수하게 음악을…….

토야: 나한테 으름장 놓은 거 잊었어? 야만 소녀! 오버 크
롬한테 시비 걸어놓고 제 소리는 까맣게 잊어버려? 웃기지
도 않는군.

스스로 겪어 제 살림으로 우러나오지 않는 깨달음이란 허섭
스레기에 지나지 않는다. 거룩한 스승 석가모니와 같이 걷더라
도 제 살림은 오롯이 제가 드러낼 수밖에 없다. 그래서 옛 어른
들이 "이제까지 보고 들은 것 말고 오로지 네 생각을 내놓아라."
라고 다그치면서 "석가모니가 둘이어야 할 까닭이 없다."라고
흔들었다. 제 몸에 제 살림이 배도록 하는 노릇은 부처나 조사가
다 달라붙어도 할 수 없는 일이란 말씀이다.

'부처인 줄 아는 것'이란 말씀은 바로 '부처로 사는 것'을 일컫
는다. 참답게 빚은 생각에 따라 지어가는 옹근 제 살림을 펼쳐
보이는 그곳에 부처 살림살이가 오롯하다.

결

부처님은 으뜸 비구 열 분을 꼽았다.

공, 세상이 텅 비어 있음을 가장 깊이 깨달은 사람으로 수보
리를 꼽고, 슬기롭기로는 사리불을 따를 사람이 없다고 했다. 백
만장자 아버지를 둔 가섭은 욕심, 가지려는 마음을 여의기로 으
뜸이었다. 들은 말씀을 놓치지 않고 사기기로는 아난을 꼽았으
며, 아귀 지옥에 가서 어머니에게 부처님 가르침을 알렸을 만큼
신통에 으뜸가는 목건련, 법을 알리는 데는 부루나를 으뜸으로
꼽았다.

외도, 참다운 길에서 벗어난 이들과 얘기 바람을 일으켜 깨우
치게 하는 데는 가전연을 따를 사람이 없다고 했으며, 잠을 이기

지 못해 부처님에게 꾸지람을 듣고 감기는 눈을 부릅뜨고 힘껏
닦다가 눈이 멀고도 거듭 닦은 끝에 마침내 마음 문이 열려 읽
지 못하는 것이 없는 아나율, 계율을 어긴 적이 없는 우바리, 깨
달은 바를 남과 겨루지 않고 작은 것 하나하나까지 드러나지 않
게 이뤄나가는 살림살이 으뜸에 라훌라를 꼽았다는 이야기를
그저 그렇다더라 하고 받아들여서는 안 된다. 저답게 살아야 한
다는 뜻이다.

제 살림만 잘하면 될까?

부처님이 깨닫고 나서 출가자 무리를 이루고, 이어서 재가자
들을 받아들였다는 것을 놓치지 말아야 한다. 부처됨은 저마다
제 빛깔 제 소리로 누리를 살려 나아갔다는 말씀이며, 서로 다른
빛깔과 소리가 섞이면서도 튀지 않고 어울렸다는 얘기다. 낱나
에서 온나로 나아가지 않아서는 부처일 수 없다.

〈유리 심장〉 마지막 회에서 피아노 앞에 앉은 후지타니가 이
렇게 털어놓는다.

이게 뭐지? 아! 알겠다. 사랑이네요.

나는 늘 혼자였어요. 털어놓을게요. 그동안 나는 누구와 함

께 음악을 해도 늘 외톨이였어요. 내 소리는 여러 사람에게

상처를 줬어요. 여러 사람 유리 심장을 산산이 부숴놓았죠.

나는 부수어진 조각들이 내는 빛을 먹고 살았어요. 그런 내

가 싫었어요. 겁이 났죠. 나 따위는 방문 걸어 잠그고 가둬
둬야 한다고 생각했어요.

그런데 타카오카가 밴드라는 걸 알려줬어요. 사카모토 음
악이 내 방 자물쇠를 풀어줬어요. 아카네가 치는 드럼 소리
가 살아갈 힘을 줬어요. 이 모두가 톈블랭크를 버텨주고 있
어요. 외톨이던 나는 이제 없어요. ㄴ도 모두를 사랑해요.

살림살이, 어울려 서로 살리어 산다는 말이다.

결

사랑은 셈할 겨를이 없다

길상사 설법전 아래 탑이 있는 자리에 정낭(화장실)이 있었다. 정낭 창문 앞을 가린다고 나무를 베어낸 걸 본 스승이 한 말씀이다. 스승은 없어서는 안 될 것이 나무가 있던 자리에 꼭 들어서야 해서 베어낼 수밖에 없다면 나무에 그 까닭을 알리고 예를 갖춰 베어내야 한다고 말씀했다.

요즘 사람들은 어떤 걸 보고 좋아한다고 금세 달아오르다가도 얼마 지나지 않아 물리고 만다. 좋아하는 놀이든 물건이든 멀리 갈 것 없이 늘 켜져 있는 스마트폰으로 바로 살 수 있다. 물건이나 서비스를 그 자리에서 바로 누리거나 그 이튿날 새벽에 받아보는 사이에는 그리움이 들어설 겨를이 없다.

사람과 사람 사이도 마찬가지다. 검색창을 열어 법정 스님 이름만 넣으면 스승이 남긴 말씀이 수도 없이 뜬다. 언제 어디서라

도 보고 들을 수 있으니 미뤄두기 쉽고, 애써 귀담아들으려고 하
지 않는다.

나무마다 꽃과 새잎이 펼쳐지는 봄날,

우리가 이렇게 한자리에 모여 말을 나눈다는 것은

흔한 일이 아닙니다,

여러분도 모처럼 일요일에 쉬지 않그 큰맘 먹고 나오고,

저도 새벽에 일어나 캄캄한 산에서 내려오는 까닭은

우리 만남이 그만큼 소중해서입니다.

그렇기에 말하는 사람은 마음을 다례 말하고,

듣는 쪽에서도 귀담아들어야

진정한 만남이 이루어집니다.

스승이 2007년 봄 법석에서 한 말씀이다. 접속하지 말고 접촉
하라고도 말씀했다.

접속은 간접적이고 외곬이며 제멋다로이고 저 좋으면 그만

일 뿐이어서 정이 오갈 수 없어요. 한마디로 비인간적이에

요. 가끔 외국에 있는 분들이 인터넷으로 제 소식을 접한다

는 말을 듣곤 하는데 그때마다 좀 쓸쓸한 기분이 듭니다.

그러나 접촉은 서로 직접 만나 마주하는 이 낯빛을 살피고,

눈길을 나누고, 목소리를 듣고, 분위기를 함께 누립니다.
때로는 손을 마주 잡거나 웃음 짓고 쓰다듬으며 정이 오갑
니다.

디지털 문화인 접속이 차갑다면 아날로그 문화인 접촉은 따
뜻하다. 따뜻하게 내게만 속삭이는 듯한 인공지능, 알고 보면 접
속일 뿐 접촉이 아니다.

어느 해 법문하러 극락전 앞에까지 온 스승, 극락전으로 들어
가지 않고 빠른 걸음으로 종루를 지나쳤다. 영문 모르는 사람들
은 어리둥절했다. 그 잠깐 사이에 짐을 잔뜩 싣고 언덕을 오르는
작은 수레를 밀어주었다. 사랑은 머리로 헤아려 몸이 움직이는
것이 아니라 마음과 몸이 하나 되어 쏟아지는 것이다. 접촉에서
사랑이 피어올라 메아리친다.

법정 스님이
힘겹게 고갯길을 오르고 있는
거사님의 수레를 밀어주고 계십니다.
스님의 왼발은 땅에서 떨어졌고
오른손은 짐에서 떨어졌습니다.
고갯길의 정상에 막 올라섰으니 이만하면
혼자서 갈 수 있겠다고 여기신 듯합니다.

사진작가 일여 거사가 사진집 『날마다 새롭게』에서 그린 스 승 모습이다.

결

사랑은 따뜻한 눈길

스님, 생신을 축하드리옵니다.

오늘이 있어 저의 생도 의미를 지닐 수 있었기에 참으로 저에게도 뜻있는 날입니다. 저를 길러주신 할머니께서는 늘 절 구경을 다니고 싶어 하셨습니다. 그런데 몰래 한 푼 두 푼 모으신 돈이 여비가 될 만하면, 이때를 놓치지 않고 제가 털어가곤 하였습니다. 제 속임수란 '할머니, 제가 이다음에 돈 벌어 절에 모시고 갈게요.'였습니다. 그러나 할머니께선 제 손으로 월급을 받아오기 훨씬 전에 저쪽 별로 떠나시고 말았습니다.

제가 첫 월급을 타던 날, 누군가가 곁에서 어머님 내복을 사라고 하였습니다. 그러나 저한테는 내의를 사드릴 어머님도, 할머님도 계시지 않습니다. 그것은 울음으로도 풀 수 없는 외로움이었습니다. 스님의 생신에(제가 잘못 알고 있어 음력 2월 보름날이 아닐지도 모릅니다만) 무엇을 살까 생각하다가 내의를 사게 된 것은, 언젠가 그 울음으로도 풀 수 없는 외로움이 생각났기 때문입니다. 제 마음을 짚어주시리라 믿습니다. 스님께선 제 혼의 양식을 내주신 분이시기도 하니까요.

다시 한번 축하 올립니다. 스님!

정채봉 올림

　스승 주민등록증에 나와 있는 생년월일을 보고 정채봉 선생이 내복과 함께 보낸 편지다. 정채봉 선생이 보낸 향기로운 마음씨가 굳어지려는 당신 마음에 물기를 보태주었다고 한 스승은 "함께 부쳐온 봄 내의를 만지면서 대숲 머리로 울긋불긋 넘어다 보이는 앞산 진달래에 묵묵히 눈길을 보냈다."고 했다. 노루처럼 선한 눈을 가진 정채봉 선생과 앞산 진달래에 눈길을 보내는 선선한 스승 눈매가 그려진다.

결

혼자서 자란 아이들은

혼자 살 수밖에 없도록 길들어 있다

그는 혼자 있는 것이 좋았고

그렇게 훈련되어왔다.

혼자서 자란 아이들은

결국 누구나 혼자라는 사실을 이해한다.

그래서 혼자가 되는

이런 순간에 맞닥뜨릴 것에 대비하여

미리 연습하며 살아간다.

　스승이 책을 읽다가 눈에 띄어 함께 나누려고 정채봉 선생에게 써 보내기도 했다는 구절이다. 일찍이 어버이를 여의고 할머니 손에서 자란 정채봉 선생이 아내와 헤어지고 그늘진 모습이 안타까워서였다.

　배우는 까닭이 제대로 살아가는 데 있다고 여기는 나는 왜 절이나 교회에 평생 다녀야 하는지 알 수 없었다. 배운 만큼 세상에 돌리려면 절보다는 세속에 있어야 한다는 생각에 길상사를 다닌 지 열 해 만에 그만 다니고 군 법회만 했다. 교회에서라면 전화에 불이 났을 테다. 그러나 제가 짓고 제가 받는 데 젖어 있는 절집 사람들은 누가 오고 가는지 마음 쓰지 않는다.

　뜻밖에 맑고 향기롭게 김자경 사무국장이 두어 번 전화했다. 어른 스님께서 "요새 지광이 통 보이지 않네. 사업이 바쁜가 보지?" 하고 몇 차례 물으셨다면서. 뭉클했다. 어른이 어찌 나한테까지 이런 마음을 쓰시나 싶어.

　뒷날 스승이 가신 뒤에 인연 줄기를 모으면서 그 까닭을 어렴풋이 새길 수 있었다. 이계진 선생이 소설 『솔베이지의 노래』를 쓰면서 이렇게 여쭀다고 한다.

　"스님, 제가 사랑 이야기 소설을 쓰고 있습니다. 스님께서는 '사랑'이 무엇이라고 생각하십니까?"

　그랬더니 바로 말씀했단다.

"사랑은 따뜻한 눈길, 그리고 끝없는 관심!"

이 말씀에 스승이 먼발치에 서 있는 이에게도 아낌없이 끝없는 관심과 따뜻한 눈길을 보내고 계셨다는 것을 알았다.

> 중도는 사랑입니다. 깨달음은 저 아님이 없음을 보는 것입니다. 남이 나와 다르지 않습니다. 남이 겪는 아픔을 제 아픔으로 느끼는 사람이 깨달은 사람입니다. 중생이 앓는데 어찌 나만 기꺼울 수 있겠습니까? 중도는 그대로 사랑입니다.

2019년 입적하신 적명 스님이 그동안 나누셨던 말씀 밑절미를 뽑아 간추린 말씀이다. 결

사랑은 그때그때 바로 온 마음을 던져 오롯이 하는 것이다. 저를 오롯이 바치니 다른 것이 끼어들 틈이 없다.

어려서 어버이를 여의고 할머니 품에서 자란 문현철, 시골에서 중학교를 나와 광주로 유학을 나왔다. 시골에서 날고 기던 아이도 도시에 오면 주눅이 들기 마련이다. 마음이 머물 바를 잃으니 무슨 일이든 건성건성 공부가 눈에 들어오지 않았다. 그래도 크게 엇나가지 않고 음악감상실에서 시간을 죽인다. 그때 상담 선생님이 정서에 도움이 될 거라면서 스승이 쓴 책『산방한담』을 건넸다. 그날도 음악감상실에 가서 넋 놓고 음악을 듣다가 자취방으로 돌아와 늦은 저녁밥을 먹고 나서는 읽는 시늉이라도 해야겠다 싶어 들춰봤는데, 그대로 빠져들어 고개를 드니 동이 텄다.

일주일 뒤, 여느 때처럼 음악감상실에 들렀는데 법정 스님이 앉아 계셨다. 한눈에 스님을 알아본 현철은 넉살 좋게 다가가 언죽번죽 말을 건넸다.

"저는요, 전남대 사대고 2학년 문현철인데요. 스님 책을 하룻밤 새 다 읽었어요. 벽장 속에 감춰져 있던 아버지 유고를 우연히 찾아내 읽은 느낌이에요."

말길을 튼 현철은 참새가 방앗간 드나들 듯 틈이 날 때마다 불일암을 찾았다. 그 뒤, 명동성당에 가서 영세받고 광주로 내려와 이사하다가 이삿짐 차가 다른 차와 맞부딪치는 사고가 났다. 3주 동안 의식을 잃을 만큼 죽을 고비를 넘긴 현철은 불일암으로 달려가 어떻게 영세받는 날 교통사고가 나서 죽다 살아날 수가 있느냐며, 대체 하느님이 계시긴 하냐고 하소연했다. 스승은 현철에게 이렇게 말씀했다.

천주님이 만화책에 나오는 마술쟁이인 줄 아느냐?

하느님은 큰 아픔을 겪으며 더욱 성숙해지도록 힘을 주신다.

이 바탕에서 자기 성찰을 이뤄야 한다.

그러니 이번 일이 주는 뜻이 무엇인지

간절한 마음으로 천주님께 기도해 봐라.

아주 오래도록 기도해야 답을 얻을 수 있을 것이다.

1987년 6월 항쟁이 한창일 때, 현철은 불일암 툇마루에 앉아 푸념을 늘어놓는다. 할머니가 여기저기 뛰어다니면서 어렵사리 등록금을 마련해주셨는데 학교생활에 별 흥미를 못 느낀다고. 학교를 그만두고 차라리 고시 공부를 할까, 아니면 동생들 뒷바라지도 해야 하니까 취직이나 할까, 책도 손에 안 잡히고, 마음이 잡히지 않고 혼란스럽다고.

그러면서 "차라리 불교로 개종을 하면 어떨까요?" 하고 여쭈니 빙긋 웃으며 듣던 스승이 말씀했다.

<blockquote>
누구는 청국장을 좋아하고,

누구는 김치찌개를 좋아하지만,

천주님 사랑이나 부처님 자비는 풀어보면

모두 한 보따리이니 그대로 있으라.
</blockquote>

스승이 주는 장학금으로 대학에 다닌 문현철 박사는 대학교수로 일하는 독실한 천주교 신자다.

사랑에 장벽이 있을 수 없다. 그러나 종교 화합 결정판이라고 하면 현장 스님이 '마리아 관음'이라 이름 붙인 길상사 관음상을 꼽지 않을 수 없다. 이 관음상은 천주교 조각가 최종태 선생이 결 고이 빚은 정성이다.

관음상을 조각 완성이라고 여긴 최종태 선생에게 관음보살상 조각은 오랜 바람이었다. 때마침 개신교도인 나운영이 찬불가를 지었다. 개신교인들이 벌떼처럼 들고일어났다. 나운영을 내쫓으라고.

최종태 선생이 김수환 추기경에게 물었다, 관음상을 빚고 싶은데 조심스럽다고. 추기경은 괜찮다고 했다. 마음이 놓인 선생은 이리저리 수소문하다가 인연이 닿아서 스승을 만나 물었다.

"머리에 쓰고 있는 관이 뭡니까?"

"화관입니다."

"손에 들고 있는 병은 뭐죠?"

"정병입니다."

"손바닥을 펼쳐 올린 까닭은 무엇인가요?"

"구고입니다."

짧은 물음에 스승은 토씨 하나 안 붙이고 외마디로 답했다.

'꽃 관, 맑은 물, 괴로움에서 건진다'라는 세 마디에 바로 작품이 그려졌다는 선생은 흙일을 세 시간 만에 다 끝내고는 길상사로 전화를 했다. 뜻밖에도 스승이 직접 받았다. 다 됐다고 하니, 그럼 바로 가보겠다고 했다.

관음상이 길상사에 들어서는 날, 최종태 선생이 이런 말을 했다.

"스님과 내가 뜻이 맞아 길상사 절 마당에 관음상이 만들어졌습니다. 이 억겁 시간 속에서 우리 두 손이 잠깐 하나로 만나서 한 형상이 태어났습니다. 이 일이 비록 작은 일이긴 하지만 결코 작다고 볼 수 없는 일이라 믿습니다. 내 모든 생각과 바람을 이 형태에 다 부어 넣었습니다. 그 모든 이야기는 형태가 말할 것입니다. 지난날 우리 위대한 불상 예술이 다시 새롭게 꽃피는 시절이 오길 바랍니다."

『법정, 나를 물들이다』 최종태 편에 실린 말씀이다.

선서화란 기교 이전에 작위가 문제라고 했다. 그런데 그러한 작위는 결코 우연히 이루어지는 것이 아니다. 내면생활의 심화가 그대로 붓이나 먹을 통해서 드러나는 것이다. 이런 일은 비단 서화에 한정되는 것은 아니다. 건축이나 조각도 마찬가지다. 신라나 고려 때보다 오늘이 기술 면에서도 비교도 안 될 만큼 발달하였고, 그 재료도 풍부하다. 그러나 그 시절에 이루어진 찬란한 문화 형태가 단절된 채 계승되지 못하고 있는 까닭은 어디 있을까. 그것은 오로지 내면생활 자체가 소홀하기 때문일 것이다. 석가탑이나 다보탑 또는 석굴암의 불상들을 조성한 석공들은 기예인이기 이전에 극도로 정화된 신앙인이었다. 신앙생활을 거쳐 승화된 상이 돌에 스민 것이다.

『낡은 옷을 벗어라』 '불교와 예술 ─ 선화(禪畵)를 통한 포교방법 모색을'에 나오는 스승의 말씀이다.

"석굴암 불상들을 조성한 석공들은 기예인이기 이전에 극도로 정화된 신앙인이었다. 신앙생활을 거쳐 승화된 상이 돌에 스민 것"이라는 스승 말씀을 듣기라도 한 것처럼 선생은 "이 억겁 시간 속에서 우리 두 손이 잠깐 하나로 만나 한 형상이 태어났다."라고 화답했다.

최종태 선생, 조각하다 보니 늘 서양 사람 뒤를 따라갈 수밖에 없었다. 어떻게 하면 당당히 제 발로 설 수 있을까 싶었다. 그래서 혼자 힘으로 조선미술사를 비롯해 우리나라 역사를 배운다. 그 바탕에서 고민을 거듭하다가 1965년 섬광처럼 나타난 반가사유상을 보고 '아! 나는 이 길로 간다.'고 굳게 다진다.

"돌덩어리에다가 생명을 불어넣어 준 게 이집트예요. 그리스는 너무 깎아서 생명이 약해졌어요. 설명하면 약해지잖아. 우리나라 불상이 좋은 건 힘살, 힘줄 따위가 없어서예요. 그런 게 있으면 눈길이 그리 가그 정신이 팔려서 불상이 주는 숭고함이랄까, 철학이고 뭐고가 안 돼요. 내가 처음 그리스 조각을 보면서 '하, 이 사람 힘들겠다.' 싶었어요. 날마다 눈을 부릅뜨고 있잖아요. 저기 내 작품, 저 안에 뜨고 감은 게 다 있어요. 저걸 감았다고 볼 수도, 떴다고 볼 수도 없어요. 부처님 눈이 그냥 있는 것이지. 감았다 떴다 못하면 살아 있는 게 아니거든요. 지금 내가 반가사유상 눈을 떠올리지 못해요. 전체가 보이기 대문에 눈에 눈길이 가지 않는 거죠."

역시 『법정, 나를 물들이다』에 나오는 말씀이다.

관세음보살상을 모시면서 스승은 관세음보살과 성모마리아가 상징하는 바가 같다고 하고, 최종태 선생은 땅에는 경계가 있으나 하늘에는 경계가 없다, 땅 위에 있는 모든 종교가 울타리를 허물면 한마당이 될 것이라고 받았다.

잘 풀릴 줄 알았던 북미회담이 늘어지면서 남북 사이가 다시 팽팽하다. 〈교수신문〉이 사자성어로 '공명지조'를 뽑았다고 한다. 공명지조는 몸 하나에 머리가 둘 달린 샴쌍둥이 같은 새다. 한 머리가 잠을 자고 있는데 남은 머리가 바람에 날아온 다디단 꽃을 먹고 '트림'을 한다. 트림 소리에 놀라 깨어난 머리가 저를 깨우지 않고 맛있는 것을 혼자 먹었다며 골이 잔뜩 나서 옆에 있는 독이 든 풀을 먹는 바람에 죽고 말았다는 얘기다.

우리는 흔히 이 이야기를 서로 뜻을 모아 어울려 살아야 하는데 서로 미워하며 시기심에 눈이 멀어 함께 죽었다고 바라본다. 참으로 그렇기만 할까? 이 이야기는 절집에서 비롯했다. 교단을 넘겨 달라고 하는 데바닷타에게 부처님은 "승가에는 위아래가 없다. 그저 같은 길을 가는 길동무끼리 서로 그늘이 되어주는 것일 뿐이다. 그러니 넘겨주고 말고 할 것이 없다."라고 말씀했다.

이 말씀을 교단을 넘겨주지 않으려고 핑계를 댄다고 받아들인 데바닷타가 여러 차례 부처님을 죽이려 들었다. 그때 부처님이 공명조 얘기를 꺼냈다.

서로 미워한 것이 아니라 한쪽이 시샘에 눈이 멀어 독을 먹었다는 얘기다.

최종태 선생과 스승이 길상사를 가려고 삼청터널을 지나는데, 느닷없이 스승이 한마디 했다. "예수님이 십자가에 매달려 마지막에 목이 마르다고 하셨는데 그건 사랑의 갈증"이라고.

북미 갈등이든 남남 갈등이든 모두 나는 사랑스럽게 보듬으려고 하는데 네가 걸림돌이라며 삿대질한다. 이를 보면서 이도 잘못이고 저도 잘못했다고 손가락질하는 이도 없지 않다. 그러나 찬찬히 들여다보면 문제를 일으키는 이들은 언제나 오래도

록 힘을 가지고 있는 쪽이거나 센 힘을 가지려고 몸부림치는 쪽
이다.

이 목마름은 스스로 믿지 못하는 데서 온다. 사랑에 굶주린
탓이다. 우리는 너나없이 사랑에 목말라 있다. 스승 말씀처럼 모
두 한 보따리라는 것을 우리는 얼마나 더 있어야 제대로 알아차
릴 수 있을까.

갈등도 좋고 다툼도 좋은데, 제발 독이 든 풀을 삼키지 말아
달라. 다 죽으니까.

사이를 명상하다

버리고 떠나기를 거듭해온 스승이 마지막 길에 남긴 말씀이다. "이제 시간과 공간을 버리겠다."라는 말머리를 들고 '사이'를 새겨보려고 한다. 시간은 '때 사이'를, 공간은 '데 사이'를 이른다. 절집에서 말하는 '세계'는 '때데'를 일컫는 말씀이다.

사람은 사이에서 산다. 사람과 사람 사이에서 살고, 하늘과 땅 사이에서 살며, 때와 때 사이에서 살아서 사람이다. 사람은 사이에서 죽는다. 사람과 사람 사이에서 죽고, 하늘과 땅 사이에서 죽으며, 때와 때 사이에서 죽어서 주검이다. 살아보니 알게 되어 살앎이요 사람이다. 머리로 헤아린 것을 안다고 나서면 어수룩하니 모자람이요, 몸으로 겪으며 제대로 살아내어 얻은 앎이 참답고 옹글다.

어떤 이는 '사람'이란 말 뿌리를 거슬러 올라가면 '살'에 가닿는다고 한다. '힘살'을 비롯한 햇살이나 물살도 다 '살'이다. 살은 힘을 쓰고 기운을 세우는 줄기다. 사람이 만든 부챗살·바큇살·화살 따위로 다 힘쓰는 줏대를 이르는 말이다.

여러 해 전 길을 찾느라 두리번거리다가 튀어나온 보도블록을 발부리로 걷어차 넘어져 크게 다쳤다. 한 해를 훌쩍 넘기고서야 다친 다리가 저렸다. 어째서 그런지 의사에게 물으니 오래도록 까무러쳤던 힘살이 깨어나서 저린 줄 아는 것이라 했다. 살아 있어 아픔과 괴로움을 느낄 수 있다니 고맙다고 여기면서 삶과 죽음이 늘 뒤섞여 있다는 생각이 들었다.

삶도 죽음도 모두 사이에서 비롯하여 사이로 돌아간다. 사이는 비어 있다. 목숨은 들숨과 날숨 사이에 있듯이 비어 있는 사이에 쓸모가 들어선다. 노자가 말했다.

"바큇살 서른 개가 바퀴 머리 하나에 모인다. 그 비어 있음이 수레 쓰임새다. 흙을 빚어 그릇을 만든다. 그 비어 있음이 그릇 쓰임새다. 문과 창을 뚫어 방을 만든다. 그 비어 있음이 방 쓰임새다. 있음이 이로울 수 있는 까닭은 없음이 받쳐주기 때문이다."

사람은 '사람 사이'에 있다. 사람과 사람 사이는 짓이 잇는다. 눈짓과 말짓, 손짓과 발짓을 아우른 몸짓에 어떤 마음을 담느냐에 따라 사이가 가까워지기도 하고 멀어지기도 한다. 마음에 사랑을 담으면 가까워지고 마음에 미움을 담으면 멀어진다. 사랑이 담긴 말은 멀리 있는 '남'을 가까이 끌어들여 '너'로 만드는 지름길이다.

사람은 '때 사이'에 있다. 사람은 '이제' 산다. 이제는 어제와 아제(내일) 사이에 있다. 어제는 지나간 때다. '아제'는 앞으로 올 날을 일컫는데, 한자에 떠밀려 까맣게 잊힌 말이다. 미처 오지 않은 것을 가리키는 '아직'이나, 잘 알 수 없으나 미뤄 어림한다는 '아마' 또는 어버이에 맞서는 '아이' 그리고 언니에 맞서는 '아우'에서 알 수 있듯이 '아제'는 뒤에 나와 앞을 아울러 간다. 지나간 것, 그러니까 어제는 이제 없다. 여기서 없다는 것이 지닌 뜻을 살핀다. '없다'는 어제 있었는데 이제 없는 것을 일컫는다. 기억은 어제 있다가 이제 없는 것을 떠올리는 것이다. 그래서 기억에서 사라져야 참으로 죽었다고 받아들이는 겨레붙이도 있다.

아프리카 스와힐리 사람들에게는 '어제'와 '이제'만 있을 뿐 '아제'가 없다. 갈음하여 죽은 이들에게 시간이 더 주어진다. '사사(sasa)'와 '자마니(zamani)'가 그것이다. 사사는 어떤 사람이 비록 죽었더라도 이름을 떠올리는 누군가가 있다는 말이고, 자마니는 죽은 사람 이름을 아무도 떠올리지 않는다는 말이다. 어떤 이가 비록 죽었더라도 그 사람을 떠올리는 이가 한 사람이라도 남아 있다면 여전히 '사사'라는 시간에서 살아 있는 것으로 여기다

가, 그이를 떠올리던 사람들마저 죽어 더는 떠올릴 사람이 없어
지면 그때 비로소 말이 없는 '자마니' 시간으로 들어간다고 받아
들인다는 말이다.

우리는 이제를 살 수밖에 없다. 흘러간 어제를 돌이켜 살 수
도 없고, 오지 않은 아제를 끌어다 살 수도 없는 우리는 다 하루
살이다. 하루살이는 오롯이 오늘에 살아야 한다. 깊이 짚으면 하
루살이라는 말도 어긋난다. 그때그때 살 수 있을 뿐이다. 스승은
이렇게 말씀했다.

"순간순간이 아름다운 마무리이자 새로운 시작이다."

그런데 우리는 자꾸 어제를 돌아보며 한숨짓고, 오지 않은 아
제를 걱정하느라 이제를 잃어버리고 만다.

때를 이어온 탓이다. 이어온 때를 놓치라는 말씀이 아니다. 때
를 이어왔기에 우리는 부처나 예수, 장자와 소크라테스 말씀을
새길 수 있다. 이분들은 한결같이 "주어진 이때 힘껏 살라!"고
했다. "같은 강물에 발을 두 번 적실 수 없다."라는 말을 남긴 헤
라클레이토스는 "죽는 것들은 죽지 않는 것이며 죽지 않는 것은
죽는 것이다. 하나가 살아 있다는 것은 다른 것이 죽음이며, 또
한 죽는 것은 다른 것이 삶이다."라고 했다. 물이 흐르며 서로 자
리를 바꾸더라도 그 흐름은 거듭 이어지고 있듯이 삶과 죽음은
떨어지려야 떨어질 수 없으며 다르지 않다는 말씀이다.

내가 이 말씀을 만날 수 있었던 것은 '때 사이'를 이어주는 구

름다리가 사라지지 않고 남아 있기 때문이다. 그 바람에 그 숨결
을 이어받아 글을 쓰고 있다. 놀라운 일이다.

사람은 '하늘과 땅 사이'에 있다. 곳과 곳 사이에 산다. 우리말
'누리'는 본디 땅을 가리키는 말이었으나 품은 하늘과 땅, 사람
을 모두 아우른다. 여기서 사람은 살아 있는 목숨붙이를 이루고
받쳐주는 모든 것을 가리킨다. 이웃이 사람만 가리키는 말씀이
아니라는 것을 뼈저리게 느낄 수 있어야 사이를 제대로 이어갈
수 있다. 그 사이가 세상으로 '사회'라고도 한다.

엊그제 크리슈나무르티 읽기 모임이 있었다. 영문으로 된 '낱
사람 그리고 사회'란 글을 함께 앉아 두런두런 읽어가며 풀었다.
다음은 어울려 푼 결 따라 다듬은 글이다.

결

좋은 사회가 반드시 있어야 한다고 생각해야 하나요? 사회
란 바로 여기서 우리가 사는 그대로예요. 사회는 신비롭게
어디서 뚝 떨어지지도 신이 만들지도 않았어요. 전쟁을 비
롯한 끔찍한 일들, 그 밖에 일어나고 있는 모든 것을 사람
이 만들어냈습니다. 바로 여기 우리, 한 사람 한 사람이 이
루고 있는 그대로가 사회입니다. 이것은 움직일 수 없어요.
그러니까 우리가 갈라져서 일으키는 다툼과 두려움, 불평
등 따위로 사회를 빚었다는 얘기예요.
이 모든 것을 우리가 일으키고 있습니다. 우린 서로가 서로

에게 그러고 있어요. 가까운 이웃 사이에서는 얼마큼 참아 줄지는 몰라도, 그마저 의심스럽기는 합니다만 나머지 뭇 사람에게는 어림 반 푼어치도 없지요. 신문이나 잡지를 읽거나, 무슨 일이 일어나고 있는지를 헤아려 짚어볼 때 퍽 뚜렷해 보입니다.

따라서 좋은 사회는 우리 사이가 옹글어져야만 올 수 있어요. 좋은 사회는 앞으로 와야 하는 것이 아니라 바로 이 자리에서 생겨날 뿐이에요. 그럴 수 있을까요? 앞으로 닥칠 어떤 날이 아니라 바로 여기 나날이 이어지는 우리 삶에 뿌리내려 도타운 사이를 빚어갈 수 있을까요? 여기서 얘기하는 좋고 도탑다고 하는 건 누가 누구를 부리거나 휘두르지 않고, 제 잇속만 챙기지 않으며, 분에 넘치게 바라는 마음 또는 겉치레나 젠체하는 마음 따위가 없는 것을 가리킵니다.

제가 사랑이라는 말을 써도 되는지 알 수 없습니다만, 너그럽게 받아들여 주면 좋겠습니다. 이처럼 좋은 사이, 도타운 사이에 사랑이 깃듭니다. 사랑이 지닌 본디 뜻을 밑바탕에 두고 어울리는 사이, 그런데 그럴 수 있으려나요?

사람이고 자연이고 다 하늘과 땅이 내어 어울려 살아간다. 사회고 자연이고 낱낱이 떨어져 있다고 여기는 우리가 어떤 뜻을 가지고 펼쳐가느냐에 따라 빚어가는 것이지 사회나 자연이 어디서 뚝 떨어져서 우리는 그저 그 안에서 쥐 죽은 듯 살아가야 하는 것이 아니라는 말씀이다. 깊이 생각지 않아도 사람도 자연이라는 것을 알 수 있다. 인위란 자연 흐름을 깨뜨리거나 자연 흐름에서 벗어나 저지르는 짓을 일컫는 말이고, 자연 흐름에 따라 사는 사람들은 말씀 그대로 자연스럽다.

어느 사이든 사이에 사랑이 어리면 아름답고, 억지가 들어서면 아름답지 못하다. 이 모든 사이를 이어가는 사랑 끈을 우리는 '얼'이라고 부른다. 사이에 사랑을 두고 어깨동무하고 어울리며 서로 살리는 삶이 바로 '살림살이'다.

그래서 스승은 "살 때는 삶에 철저해 그 전부를 살아야 하고, 죽을 때는 죽음에 철저해 그 모두가 죽어야 한다. 우리는 날마다 죽으면서 다시 태어나야 한다. 살 때는 삶에 온 힘을 기울여 뻐근하게 살아야 하고, 삶이 다하면 미련 없이 선뜻 버리고 떠나야 한다."라면서 "살아 있는 모든 것은 때가 되면 그 삶을 마감한다. 이것은 그 누구도 어길 수 없는 생명 질서이며 신비이다. 만약 삶에 죽음이 없다면 삶은 그 의미를 잃게 될 것이다. 죽음이 받쳐주기에 삶이 빛날 수 있다."라고 했다.

삶에 철저해 뻐근하게 사는 삶은 어떤 것일까? 스승은 이렇게 말씀했다.

아무리 가난해도 마음이 있는 한 나눌 것이 있다.

그렇게 함으로써 제 뜨락이 더 풍요로워질 수 있다.

세속 계산법으로는 나눠 가질수록 잔고가 줄어들 것 같지만,

출세간에서는 나눌수록 더 풍요로워진다.

도예가 지헌 선생 아들 규호가 초등학교 다닐 때 스승에게 저는 경찰관이 되고 싶은데 스님은 무엇이 되고 싶으냐고 물었다. 스승은 "난 나이고 싶다."라고 했다.

세월이 한참 지난 2003년, 최인호 작가가 그 말씀을 꺼내 들었다.

"『버리고 떠나기』에 '난 무엇이 되고 싶지 않고, 난 나이고 싶다.'는 구절이 나오지요. 저는 그 말을 참 좋아하는데 요즘엔 그렇게 되기가 더 어려운 것 같습니다."

스승은 이렇게 답했다.

"누구도 닮고 싶지 않고 나다운 내가 되고 싶다는 것, 본디 나를 펼쳐 보이고 싶다는 그 생각은 여전히 변치 않습니다. 내 인생관이면 인생관이라고 할 수 있는데, 어디에도 의존하지 않는 나다운 인간이 되고 싶어요."

스승은 2006년 출가 쉰 해를 맞아 '수행자는 기상이 늠름해야 부처조차 따라 하지 않는 남다른 길을 걷는다."면서 "사람은 누구 모사품이 돼선 안 된다.", "석가도니가 두 사람 있어야 할 까닭이 없다.", "새로운 사람, 누구도 닮지 않아야 한다."라고 말씀했다.

> 너는 어째서 출가했는가?
>
> 부처님이 지금 이 자리에서 묻는다 할지라도
>
> 나는 간단하게 대답할 것이다.
>
> 나답게 살려고, 내 식대로 살려고 집을 떠났노라고.
>
> 세상이 무상해서라거나, 불교 진리에 매혹되어서라거나,
>
> 또는 중생을 구제하려고라고는 말할 수 없다.
>
> 출가 전에 나는 불교가 무엇인지조차 알지 못했다.
>
> 중생 구제 운운은 현재 한국 불교도 처지로서는
>
> 당치 않은 표현이다.

스승이 출가한 까닭을 짚는 말씀에서 간추렸다. 저답게 살고 있을 때 고마움으로 넘쳐나지만 그렇지 못할 때 괴롭다고 한 스승은, "이게 아닌데 싶으면 선뜻 가진 것을 내려놓으며 가지치기하고, 그래도 성에 차지 않으면 버리고 떠난다."고 말씀했다. 출가한 지 쉰 해가 넘도록 비구계를 받은 날이면 어김없이 『초발심자경문』을 읽는다는 스승. "시작할 때 그 마음"에서 한 발짝도 벗어나지 않았다.

코살라 국 파세나디 임금이 왕비 말리카에게 묻는다.

"그대가 이 세상에서 가장 아끼는 사람이 누구요?"

고개를 갸웃거리며 생각하던 말리카 왕비가 대답한다.

"마마, 아무리 생각을 해봐도 저 같습니다."

'대왕마마이십니다.'라는 말을 은근히 바랐던 파세나디는 서운함을 애써 누르며 "아, 그렇소. 나도 마찬가지요." 하고 점잖게 말했다. 그러나 속으로는 '아니, 어째서 가장 아끼는 사람이 내가 아니라는 거야? 설령 그렇다 하더라도 나라고 얘기해주면 어디가 덧나나?' 하고 생각했다.

이 생각 저 생각으로 잠을 설친 파세나디는 날이 밝기가 무섭게 부처님에게 달려가 왕비와 나눈 얘기를 털어놓으며 '어떻게 그럴 수 있느냐?'라는 낯빛을 숨기지 않았다. 부처님은 빙그레 웃으면서 "두 분은 올바른 말씀을 주고받았습니다."라고 한다. 그래도 파세나디 낯이 펴지지 않자 부처님은 다음과 같은 시를 읊어준다.

마음 기울여 온 누리를 찾아다녀도

저보다 더 아끼는 사람은 어디서도 찾을 수 없습니다.

마찬가지로 모든 이는 저를 가장 아낍니다.

저를 아끼지 않는 사람은 누구도 사랑할 수 없습니다.

참답게 저를 사랑하는 사람은

다른 사람을 해코지하기 어렵습니다.

저를 가장 아낀다고 하는 말리카가 임금인 저를 사랑하지 않는 게 아니라는 것을 알아차린 파세나디는 마음이 가벼워져 궁궐로 돌아갔다.

이 이야기를 꺼낸 까닭은 또렷하게 아끼는 '나'여야 틀림없이 스스로 아끼는 '너'와 참답게 어깨동무할 수 있다고 여기기 때문이다. 부처님이 천상천하유아독존을 꺼내 든 까닭이 바로 여기에 있다. "부처를 만나면 부처를 죽이고, 조사를 만나면 조사를 죽이라!"라는 임제 스님 말씀과도 이어진다.

나를 아낀다는 것은 나만 아끼고 이웃이 어찌 되든 나 몰라라 해도 된다는 뜻이 아니다. 너를 나만큼은 아닐지라도 버금가게 아낀다는 말씀이다. 스승도 여기서 한 끗도 벗어나지 않는다. 나답고 싶은 이는 동떨어진 남을 사랑스러운 이웃으로 받아들인다.

스승은 『서 있는 사람들』 '모두가 혼자'에서 "기쁨이나 슬픔을 함께 나누어 가질 때 우리는 이웃이 된다. 이웃으로 해서 사람이 새롭게 확인된다."라고 했다. 스승은 같은 책 '이 한 권의 책을 화엄경 입법계품'에서도 "보살에게는 남을 구제하는 중생 제도가 곧 스스로 이롭게 하는 일이기 때문에 이타가 곧 자리에 연결된다."라고 했다.

어머니가 아이를 보살피는 마음이 보살심에 가장 가깝다. '너

를 살려야 비로소 내가 살 수 있다.’라는 마음으로 아이를 보살
피는 어머니는 나다운 삶을 보여주는 본보기이기에 어머니라고
하면 불자들은 관세음보살을 떠올리고, 가톨릭 신자들은 마리
아를 떠올린다.

‘이타가 곧 자리’라는 말은 ‘남을 이롭게 하는 것이 나를 이롭
게 하는 것’이라는 말씀으로 이웃을 이롭게 하려면 ‘자리’ 곧 나
를 바로 세워야 한다. 내 힘이 고이지 않으면 남을 너, 이웃으로
돌려세워 보듬을 수 없기 때문이다. 비행기 안전 안내에서 산소
마스크를 써야 할 때면 아이나 늙은이와 함께 탄 사람은 산소마
스크를 제가 먼저 쓰고 나서 지켜야 할 사람에게 씌우라고 하는
까닭이다.

스승은 여기서 한 걸음 더 들어가라고 이른다. 나를 나답게
바로 세우고 나면 ‘네가 바로 나’라는 것을 알 수밖에 없기에 이
타, 너를 아우르는 것이 곧 나를 아우르는 길이라는 말씀이다.

‘법정 대종사 속뜰을 기리며’라는 스승 유품 전시회가 있었다.
거기서 강원도 오두막 정랑에 걸린 문패 하나가 나를 흔들었다.

나 있다

이 말씀이 ‘어울려 있다’로 받아들여졌기 때문이다.

살아 있는 것은 다 안녕하라

사람에게 있어서 가장 사람다운 일이란 이웃을 사랑하는 일일 것이다. 이보다 더 귀한 일이 어디 있겠는가. 사실 종교 이론은 메마르고 팍팍하기 그지없다. 살아서 움직이는 활동과 행위야말로 생기 있는 삶의 본질을 이룬다.

주석서에 따르면 부처님은 이 '자비'를 '호주護呪(보호해주는 주문)'로서도 설했다고 한다. 우리는 '주문'이라고 하면 무슨 뜻인지 알아들을 수도 없이 중얼중얼 외우는 다라니나 진언 같은 것을 떠올리기 쉽다.

불타 석가모니 가르침에 비밀은 없다고 부처님이 뚜렷이 말씀한 바 있다. 다라니나 진언에 어째서 뜻이 없다는 말인가. 주문이 진실한 말(진언)이라면, 그 뜻부터 충분히 이해하고 외워 실천해야 한다.

"살아 있는 모든 것은 다 행복하라, 태평하라, 안락하라."
이런 자비 선언이야말로 '진실한 말씀'이 아니고 무엇이겠는가.

『그물에 걸리지 않는 바람처럼』 '작은 것을 갖고도 만족하라'

에 나오는 말씀을 간추렸다.

“사람에게 있어서 가장 사람다운 일은 이웃을 사랑하는 일”
이라면서 “이보다 더 귀한 일이 어디 있겠는가.”라는 말씀이 깊
이 와닿는다. 아울러 “주문이 진실한 말이라면 그 뜻부터 충분
히 이해하고 외워 실천해야 한다.”라는 말씀이 사무친다. 우리
가 얼마나 ‘짓’이 따르지 않는, 속이 비고 헛된 말만 뿌려대고 사
는지 돌아보이기 때문이다.

‘짓’이라는 말이 거슬리는 분이 있을지 몰라서 드리는 말씀인
데, ‘짓’은 결 고운 우리말로 우리가 살아가는 데 빼놓을 수 없는
일을 가리키는 말로 널리 쓰인다. 짝짓기, 농사짓기, 집짓기 따
위가 그것으로 사랑은 말로 하는 것이 아니라 뜻을 세워 ‘짓’지
않으면 안 된다는 말씀이다.

나는 행복이라는 말보다는 어쩐지 태평과 안락이라는 말이
더 가깝고 넉넉하니 다가온다. 자료를 찾아보니 같은 한자말이
지만 행복은 우리 귀에 들어온 지 그리 오래되지 않은 낱말이고,
태평과 안락은 언제부터 우리 귀에 젖었는지 알 수 없을 만큼
오래된 말이다. 편안하게 누린다거나 편안하게 즐긴다는 ‘안락’
은 ‘극락’과 같은 말이며, ‘무사태평’에서 알 수 있듯이 ‘태평’도
오래도록 우리와 더불어 살아온 말이다.

그런데 행복은 일본 사람들이 메이지유신 언저리에 유럽에
산업시찰을 다녀와서 만든 한자말 가운데 하나로 해피(happy)를

풀어쓴 말이다. 말뿌리는 '햅(hap)'인데 이 말은 '찬스(chance, 우연)', '럭크(luck)' 또는 '포춘(fortune, 운)'이란 뜻을 담고 있다. 그래서 움직씨 '해픈(happen)'은 '일어나다', '생기다'라는 뜻이고 사건 또는 사고를 가리키는 말이 '해프닝(happening)'이란다. 이에 가까운 말로 '해픈스턴스(happenstance)'는 '우연하지 않은 일', '뜻하지 않은 일'을 가리킨다. '미스햅(mishap)'은 불운한 일이나 재난을 일컫는 이름씨이고, '햅리스(hapless)'는 '재수가 없다'는 뜻을 가진 꾸밈씨이다. 그러니까 '해피니스(happiness)'는 운이 좋은 걸 가리키는 말이다.

안락이나 태평은 누가 가져다줄 수도 있지만 내가 일궈서 누리는 것이다. 이 꼭지 글을 다듬고 나서 저장하려는데 카카오스토리에 뭐가 떴다고 스마트폰이 부르르 떤다. 뭐지 싶어 들여다보니 네 해 전 오늘 썼던 말이 뜬다.

'행복하다'. 이 낱말이 무엇을 뜻하는지 무척 궁금했습니다. 무슨 말을 하는지 알겠는데, 딱 와닿거나 손에 잡히지 않았습니다. 저는 속물이라 무엇이든지 손에 잡히는 것이 좋습니다. 그림도 추상보다는 사생이나 정물화처럼 있는 그대로 그린 것이 더 쉽습니다.

뭐든지 눈에 보이거나 손에 잡히지 않으면 답답합니다. 그런데 이 아침, 넋 놓고 앉아 있다가 '행복'이란 낱말에 '하다'가 따른다는 것을 알았습니다. '행복될 수는 없고, 행복할 수는 있다.'라는 말씀입니다. 되는 것이 아니라 할 수 있는 거라면 어렵지 않겠지요. 날마다 '스스로 그러하면' 행복할 테니까요.

아침에 눈이 떠져서 고맙고, 이토록 객쩍은 생각 할 겨를이 있어 고맙고, 털어놓을 분이 있어서 고마우며, 고마워할 일밖에 없어서 행복합니다. 고마운 것도 '하다'이고, 행복한 것도 '하다'이니 누구 힘 빌리지 않고도 할 수 있는 것이라 더욱 고맙고 행복합니다.

그러나 이 순간 행복하기만 한 것은 아닙니다. 이 시간 결코 행복하다고 말할 수 없는 이들이 둘레에 많이 있어 그렇습니다. 내가 행복하려고 네 가슴에 대못을 박는 철없는 이들이 적지 않아서 그렇습니다. 누군가 눈에서 피눈물을 흘리도록 하는 이들은 행복할 수 있으려나요? 남 가슴에 못질하는 이들은 겉으론 멀쩡하니 굴어도 무엇을 잃을까 벌벌 떨기 때문에 행복하지 못합니다.

여기서 알 수 있습니다. 행복하기, 너와 내가 어깨동무해야지 홀로 행복할 수는 없다는 것을.

저는 행복은 '이름씨'라기보다 '움직씨'라 받아들입니다.

아울러 행복은 홑자리(단수)로는 이룰 수 없는 겹자리(복수)입니다. '행복하다'고 적바림하고 '기꺼이 같이 누리다'라

　일본 사람이 '행복'이라는 낱말을 만들 때 같이 만든 낱말 가운데 '비상구'가 있다. 우리는 별생각 없이 따라 쓰고 있지만, 비상구라고 하면 어쩐지 다른 사람을 밀치고라도 빨리 뛰쳐나가야 살 수 있을 것 같은 쫓기는 마음이 든다.

　그런데 중국 사람들은 이를 비상구라고 하지 않고 '안전문'이나 '태평문'이라고 부른다. 위험에 놓였을 때 저리 나가면 안전해서 걱정할 것이 없으니 마음 놓아도 된다는 말이다. 저걸 보면 곁에 있는 이를 마구 밀치고 나가려고 하기보다는 손을 잡고 나가거나 어리고 서투른 이들이 먼저 나가도록 마음을 쓸 수 있지 않을까.

　행복과 안락, 안전과 태평, 네 낱말 가운데 내가 가장 끌리는 말은 안락이다. 안락은 '편하게 누린다'는 말이다. 안락에 가까운 말로 안심이 있는데 '마음 놓는다'는 말이다. 마음이 놓여야 누릴 수 있다. 안심과 안락에 담긴 뜻을 한꺼번에 드러낸 말이 '안녕'이다. '편안할 안(安)'과 '편안할 녕(寧)'이 모여 이룬 낱말로 어려움 없이 쉬우니 더할 나위 없이 마음 놓인다는 말씀이다. 그러니까 만나면서 "안녕하세요?" 하고, 헤어지면서 "안녕히 계세요." 하는 말은 "어려움 없이 마음 놓고 누리기를 빈다."라는 말이다.

　　이 바탕에서 우리 어르신들은 비손하고 큰절하거나 반절을
했다. 비손은 절집 사람들이 흔히 합장이라고 하는 손 모음이다.
비손하며 올리는 절은 큰절, 반절 가릴 것 없이 그대 집안에 그
대 마을에 그대 나라에 사는 모든 이가 마음 놓고 즐기며 마음
놓고 누릴 수 있기를 비는 거룩하고 따뜻한 몸짓이다.
　　비손하면 때리는 손이 사라진다.
　　살아 있는 것은 다 안녕하라.

결

둘째 마디 ─────────────

——————————— 켜

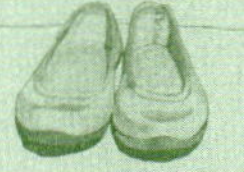

풍요 속에서는 사람이 병들기 쉽지만,
맑은 가난은 우리 마음을 평화롭게 하고
올바른 정신을 지니게 합니다.
이 길상사가 가난한 절이면서
맑고 향기로운 도량이 되었으면 합니다.

아이 낳아 기르면서 어머니가 된다

이 세상에서 가장 뛰어난 창조력을 지닌 이는
곧 어머니입니다.
생명을 가진 사람을 만들어내기 때문입니다.
어머니는 우주의 생명력을 사랑으로 빚어 탄생시킵니다.
… 어머니는 처음부터 어머니로서 있는 것이 아니라
자식을 낳아 기르면서 어머니가 됩니다.
어진 어머니 한 사람은
교사 백 사람에 견줄 만하다고 합니다.
… 아이들을 백화점 같은 데만 데리고 가지 말고
작은 풀꽃의 아름다움에 눈길이 가도록,
그래서 자연의 신비에 마음이 열리도록 이끄는 것도
어머니들이 할 일입니다.

어느 부처님오신날 스승이 남긴 말씀이다. 어머니는 타고나
는 것이 아니라 아이를 낳아 길러가면서 어머니를 이뤄간다는
말씀에 깊이 공감한다. 모성, 어머니 성품을 타고나는 여성일지
라도 아이를 낳아 기르면서 비로소 어머니로 옹글어진다는 말

씀이다. 이 말씀을 들으며 떠오른 이야기가 있다.

베트남은 1980년대 후반 집단농장을 풀어 집집이 땅을 나눠 줬다. 이러는 사이 의료체계가 무너지고 농사짓기도 제대로 하기 어려워 어수선했다. 굶주림에 시달린 나머지 세 살이 채 되지 않은 아이 63%가 영양실조에 시달린다.

국제 아동권리기관 '세이브 칠드런'은 영양학 교수 제리 스터닌과 아내 모니크 스터닌을 베트남으로 보낸다. 이 부부가 베트남을 찾았을 때는 마침 미국이 베트남을 억누르려고 베트남이 미국과 무역을 하지 못하게 막고 있을 때였다.

미국 단체를 마뜩잖게 여긴 베트남 관리들은 여섯 달 안에 문제를 풀지 못하면 내쫓겠다고 을러댄다. 흔히 비영리단체가 낯선 나라에 가서 일할 기틀을 닦는 데만 한 해 남짓 걸리니 생트집이었다.

부부는 베트남 말도 하지 못했지만, 그렇다고 뜻을 꺾을 수는 없었다. 고민을 거듭하던 부부는 아이들 영양실조 비율이 높은 마을을 찾는다. 영양실조에 걸린 까닭을 짚어가던 부부는 마침내 이렇게 묻는다.

"혹시 찢어지게 가난한 집 아이인데도 여느 아이보다 몸집이 크고 튼튼한 아이는 없나요?"

찾아보니 고만고만한 가운데서도 남달리 몸집이 크고 튼튼한 아이들이 있었다. 부부는 이 아이들에거서 다른 것을 몇 가지 찾아냈다.

몸이 약한 아이들 엄마는 아이에게 밭일하러 가기 전에 한 번, 일을 마치고 다 늦은 저녁에 밥을 한 번 줬다. 하루 두 차례, 한꺼번에 밥을 많이 주니 아이들은 밥을 적잖이 남길 수밖에 없었다.

그런데 몸이 튼튼한 아이들 엄마는 일하러 나가면서 할머니나 할아버지 또는 이웃에게 부탁해 아이에게 밥을 자주 먹이도록 했다. 그 바람에 아이는 하루에 네 번 많게는 다섯 번 밥을 먹게 되어 밥을 남김없이 먹을 수 있었다. 또 어떤 엄마는 국이나 밥에 민물새우나 고구마 싹 따위를 넣어주기도 하고, 어떤 엄마는 아이들이 밥을 먹다가 강아지나 흙 묻은 신발을 만질 때마다 손을 씻겼다.

이 작은 차이가 몸이 약하고 튼튼한 아이로 갈랐다. 부부가 영양실조에 놓인 아이들에게 이처럼 먹이도록 한 지 여섯 달 만에 245명이 영양실조에서 벗어났다. 부부에게 싸늘한 눈초리를 보냈던 베트남 관리가 비자를 흔연히 연장해준 끝에 220만 명이나 되는 베트남 아이들이 튼튼해졌다.

이 이야기에는 아이가 밥을 남기는지, 밥 먹다 말고 씻기지 못해 더러운 강아지나 더럽혀진 신발을 만지는지 놓치지 않고 살핀 어머니 눈길 그리고 그럴 때 어떻게 해야 할까 하며 스스로 묻는 슬기로운 어머니 마음이 고스란하다. 영양학 교수 제리

스터닌이 아내 모니크 스터닌과 함께 가지 않았더라도 이렇게 낱낱이 살필 수 있었을까?

여기서 아이를 똑같이 낳아 기르더라도 모든 걸 무심코 봐 넘기지 않고 찬찬히 살펴 '이랬을 때는 어떻게 하지? 저럴 때는 어쩌지?' 하며 마련을 찾는 그 마음자리에서 살림이 비롯한다는 것을 알 수 있다.

스승은 이런 이야기도 나눠주셨다.

어머니 만류를 뿌리치고 미국에서 파리로 건너간 아들은 빈털터리가 되어 몇 끼를 굶은 끝에 하는 수 없이 어머니에게 급한 전보를 칩니다.

〈굶어 죽어가요. 아들〉

어머니에게서 회신이 옵니다.

〈굶어라. 엄마〉

이 회신을 받은 순간, 아들은 정신이 번쩍 들었어요. 이제까지 어려운 일에 부딪힐 때마다 어머니에게 의존해오던 나약한 그 끄나풀이 한순간에 끊어진 것이에요. 그는 마침내 혼자서 일어서지 않으면 안 되었습니다.

뒷날 어머니는 그때 일을 두고 아들에게 이런 말을 들려줘요.

"굶어 죽어간다는 네 전보를 받고 정말 견디기 어려웠단다.

이 이야기 주인공 레오 버스카글리아는 로스앤젤레스 이민 가정에서 태어나 20년 가까이 교육학 교수로 일했다. 학생 하나가 자살하면서 학교를 나와 '러브 클래스'를 연다. 그 뒤로 한결같이 '나다움을 드러내 참답게 사랑하기'를 알리며 '사랑 의사(Doctor Love)'라는 애칭을 얻는다.

『살며 사랑하며 배우며』, 『아버지라는 이름의 큰 나무』, 『서로 사랑한다는 것은』처럼 펴낸 책 이름만 봐도 레오 버스카글리아가 세상에 무엇을 펼치려고 했는지 알 수 있다. 나이 일흔넷에 심장병으로 숨을 거두었는데, 마지막 남긴 말이 "불행 속에서 흘려보낸 모든 순간은 바로 잃어버린 행복한 순간"이란 말씀이다.

내게 어머니는 어떤 분이셨을까?

나는 어려서 병치레를 거듭하다 세 살 때 소아마비에 걸려 오른 다리를 절었다. 학교에 다닐 때 눈이 많이 내려 빙판이 된 날 아침이면 아침 밥상은 차려 있는데 어머니는 보이지 않았다. 어머니 찾기를 그만둔 채 밥을 먹고 학교에 가다 보면 어디까지나가 언덕에 하얗게 사윈 연탄재를 부숴 뿌리고 있는 어머니를 만날 수 있었다.

힘없는 손이라도 빌려주련다

버리고 떠나기를 거듭한 스승이 삶터를 옮기고 나서 가장 먼저 한 일이 나무 심기다. 다래헌, 불일암, 강원도 오두막, 길상사……. 그뿐이 아니었다.

나는 내가 몸담아 사는 곳이라면 나무와 화초를 즐겨 심고 가꾸었다. … 지난봄 온양 인취사에서 분양받은 백련 뿌리를 겨울 동안 신세 진 동해안 거처에 기념으로 심었다. 커다란 자배기에 밭흙을 담아 양지바른 곳에 두고 물을 끌어다 대었다. 며칠 전 궁금해서 그 집에 가보았더니 너울너울 자라 오른 연잎 사이로 꽃봉오리가 두 송이 우뚝 솟아 있었다. 너무 반갑고 기특해서 탄성을 질렀다. 연못이 아닌 곳에서도 꽃을 피우는 연이 대견했다.

… 잠시 내가 기대고 산 집과 터전이지만 떠나기 전에 무엇인가 심고 가꾸려는 생각의 싹이 내 안에서 움트고 있다.

… 오두막 둘레가 너무 황량하고 허해서 대나무를 옮겨 심었다. 동해안에 드물게 자생하는 오죽인데 서너 해 지나면 운치 있는 대숲 울타리가 될 것이다. 댓잎에 푸슬푸슬 싸락

『홀로 사는 즐거움』에서 스승이 나눠준 나무 심는 그림이다.
스승은 "그 소나무가 가지에 보름달을 올려 한밤중에 당신을
불러내었다."라며 "이 글을 읽는 당신은 이제까지 나무를 몇 그
루나 심고 돌보았는가. 우리나라 기후로는 입동 무렵이 나무를
옮겨 심기에 가장 적합한 때다. 그리고 나무들이 겨울잠에 들기
시작하는 이때가 거름을 주기에도 알맞을 때다. 나무를 심고 보
살피면 가슴이 따뜻해진다."라고 했다.
스승이 어진 어머니 본보기로 꺼내 든 사람이 레오 버스카글
리아 어머니였으나, 아버지도 어머니 못지않게 레오에게 영향
을 미쳤다. "나중에 어른이 되면 식물을 키울 수 있는 정원을 반
드시 갖도록 해라."고 흔들었던 레오 아버지. 언젠가 시들어가
는 줄기를 애를 써서 살려내 마침내 싱싱한 꽃을 피우는 모습
을 보고 득의양양한 표정을 짓더니, 레오에게 "뭔가를 스스로
키워본 적이 없는 사람은 생명이 어떤 것인지 결코 알 수 없단
다."라고 하고는 이탈리아 속담 하나를 알려준다.

웃으면서 바라보신다."

레오 버스카글리아는 아버지가 가꾸는 정원은 형제들에게 말 없는 학교였다고 돌아본다.

레오 아버지 이야기에서 자연스럽게 스승을 떠올리게 된다.

나는 지난여름 절 마당 한쪽에 버려진 덩굴식물이 눈에 띄어 그걸 주워다 화분에 심어두었다. 최근에야 그 이름이 '싱고니움'이란 걸 알았다. 그때는 이파리가 두 잎뿐이었는데 한 잎은 이내 시들고 말았다. 날마다 눈길을 주면서 목이 마를까 봐 물을 자주 주었다. 덩굴은 한참 만에 기운을 차리고 새 줄기와 잎을 내보였다. 받침대를 세워주고 차 찌꺼기 삭힌 물을 거름 삼아 주었다. 겨우 한 잎뿐이던 것이 이제는 30여 개나 되는 이파리와 두 자 반이 넘는 줄기로 무성하게 자랐다.

보살핌에 대한 그 보답을 지켜보면서, 식물은 우주에 뿌리를 내린 감정이 있는 생명체라는 사실을 실감했다. 식물은 인간에게 유익한 에너지를 내보내고 있는데, 투명한 사람만이 그 에너지를 느낄 수 있다.

레오에게 푸나무를 키우는 모습을 보여준 아우른 아버지가 있다면, 우리에게는 푸나무를 비롯해 뭇 목숨을 아우르며 살다 가신 스승이 계시다. 내게는 한 분이 더 계신데, 우리 아버지다. 스승만큼은 아닐지라도 서울이라는 도시 한복판에서 목수 일 하는 틈틈이 집 앞 텃밭에 옥수수나 배추를 심어 가꾸고, 토끼와 닭을 기르며 내게 흙냄새를 심어주었다.

어머니가 "지는 게 이기는 거란다.", "내려다보고 살아라." 하고 낮추어야 더 넉넉하니 누리며 살 수 있다고 다독일 때, 아버지는 밭에 있는 흙을 한 움큼 쥐어 내 코에 대주며 "흙냄새를 맡아봐." 하면서 "여기에 우리 목숨이 달렸다."라고 했다. 아울러 모자라도 넉넉하려면 줏대를 세워야 한다면서 이런 말로 나를 깨웠다.

나무 한 그루 변변히 심어본 적 없는 서울내기인 나는 "자라나는 생명에 손을 빌려주는 사람을 하느님은 언제나 웃으면서 바라보신다."라는 이탈리아 속담과 "이 글을 읽는 당신은 이제까지 나무를 몇 그루나 심고 돌보았는가."라는 스승 말씀이 몹시 찔린다.

그렇더라도 앞으로도 나무를 심겠다고 말씀드리기는 어렵다.

도시 내기인 데다가 게으르기 때문이다. 그래서 자라나는 우리
아이들이 서로 울타리를 이루며 자라도록 힘없는 손이라도 빌
려주련다.

생명 뿌리

스승이 출가하고 나서 어머니를 뵈러 간 건 딱 두 번뿐이다.

한 번은 다니던 대학 후배들에게 강연하러 갔을 때 같은 대학 교수로 있던 벗님 부인에 이끌려 갔다. 죽었던 아들이 살아 돌아오기라도 한 것처럼 반긴 어머니는 점심 먹고 돌아오는 길 골목 밖까지 따라오며 손에 꼬깃꼬깃 접힌 돈을 쥐여주셨다. 그 돈을 함부로 쓸 수 없던 스승은 오래도록 품고 있다가 송광사 불사에 어머니 이름으로 시주했다.

두 번째는 어머니가 매우 편찮으시다는 소식을 듣고 서울로 가는 길에 만나 뵈었다. 많이 수척해진 어머니는 느닷없이 나타난 스승을 보며 눈물 바람 하셨다. 이승에서 마지막 모자 상봉이었다.

어머니가 스승을 찾아간 건 한 번뿐이다. 고모네 딸을 앞세우고 불일암까지 올라오셨다. 스승은 밥을 짓고 국을 끓여 점심상을 차려드렸다. 혼자 사는 아들 음식 솜씨를 대견해하셨다는데.

그날로 산을 내려가셨는데,

마침 비가 내린 뒤라 개울물이 불어

노인이 징검다리를 건너기가 위태로웠다.

나는 바짓가랑이를 걷어 올리고

어머니를 등에 업고 개울을 건넜다.

등에 업힌 어머니가

바짝 마른 솔잎 단처럼 너무나 가벼워

마음이 몹시 아팠다.

그 가벼움이 어머니 실체를

두고두고 생각케 했다.

어머니가 돌아가셨다는 소식을 듣고는 '아, 이제는 내 생명의 뿌리가 꺾이었구나.' 하는 생각이 들었다고 했다. 마침 안거 철이라 장례에 가지 못하고, 안거를 마친 뒤 49재에 가서 단에 올려진 사진을 보며 한없이 눈물을 쏟았다는 스승은 이렇게 돌아봤다.

나는 이 나이 이 처지인데도 인자하고 슬기로운 모성 앞에 서는 반쯤 기대고 싶은 그런 생각이 들 때가 있다. 어머니는 우리 생명의 언덕이고 뿌리이기 때문에 기대고 싶은 것인가.

한 10년쯤 지난 일인데, 페이스북 벗님 한 분이 내게 물어볼 것이 있다고 했다. 처음으로 만난 벗님은 어버이가 다 돌아가시고 언니와 둘만 남아 언니가 제사를 모셔왔단다. 그런데 언니가 앓아눕고 이분도 몸이 편치 않아 제사를 모실 수 없게 되었는데 어떻게 하면 좋겠냐고 물었다. 여의찮으면 따로 제사를 지내지 않아도 된다고 말씀드렸다. 내 몸은 어머니 몸과 아버지 몸으로 이뤄져 있으니 밥 먹기 전이나 밥을 먹다가 생각나면 속으로 '맛있지요? 엄마, 아빠. 맛나게 드세요.' 하고 말씀하라고 했다. 어버이가 좋아하는 과일을 먹으면서도 그러면 제사를 자주 드리는 셈이 되지 않겠느냐면서.

어려서부터 오래도록 병치레를 해온 내가 몸이 튼튼하고 마음 편안하게 사는 것보다 더 큰 효도는 없다고 여기던 뜻에 따라 말씀드렸을 뿐이다.

유교 사상에도 그런 뿌리가 있다. 유교에서는 '부모에게 효도를 어떻게 할 것인가?'만 짚어보는 경전이 따로 있을 만큼 효를 내세운다. 『효경』 첫 구절에 나오는 '신체발부 수지부모 불감훼상 효지시야'라는 말씀은 "털과 살갗을 아우른 모든 몸은 부모에게서 받은 것이니 망가뜨리지 않는 것이 효도 첫걸음"이라는 뜻이다. 오래 새겨볼 것도 없이 "개구쟁이라도 좋다. 튼튼하게만 커다오."라는 말씀이다.

싯다르타는 출가해서 여섯 해 동안 모진 고행 끝에 '몸을 괴롭혀서는 괴로움을 없애는 길에 가닿지 못하겠구나.'라고 알아차리고는 몸을 괴롭히는 데서 벗어나 부처를 이룬다. 튼튼한 몸에서 평온한 마음이 나오고, 일을 잘할 수 있는 바탕이다.

우리 어머니들은 아침마다 장독대나 부뚜막에 맹물 한 그릇 떠 놓고 식구들이 별일 없기를 빌었다. "신체발부는 수지부모하니 불감훼상이 효지시야."라며 문자 그대로 받아들여 머리카락조차 함부로 자르지 않아야 한다고 여기던 이들은 그 말씀에 담긴 뜻을 180도 잘못 읽은 것이다. 어버이 몸을 거치지 않고 나온 이는 없다. 어버이는 내 뿌리다. 어버이를 고스란히 잇는 '나'는 그대로 어버이 증명이다. 내가 살아 '있음'이 기껍다면 이보다 더한 효도도 없다.

이어 '입신행도 양명어후세 이현부모 효지종야'라는 말씀이 따라붙는다. "몸을 바로 세우고 바른길을 걸어 오는 세상에 이름을 남겨 부모를 밝게 드러내는 것이 효를 이루는 것"이라는 뜻이다. 살아서 반짝하는 이름을 좇을 게 아니라 뒷날에도 이름을 뜻깊게 남길 수 있는 사람이 된다면 더 바랄 것이 없다. 참답게 빛나는 삶이 내 뿌리인 어버이를 제대로 모시는 것이라는 말이다. "기르고 사랑해준 갚음으로 모시고 사는 것"은 곁가지에 지나지 않는다.

신체발부로 비롯하는 첫 글월이나 입신행도로 이어지는 둘째 글월 바탕에서 보면 홀로 계신 어머니를 떠나 출가해 불효자라고 여기며 세상을 살아온 스승은 더할 수 없는 효도를 한 어른이다. 뭇사람에게 참답게 사는 슬기와 자연을 제대로 누릴 수 있는 길을 열어주었기 때문이다.

나는 입신행도를 바라지 않는다. 스승처럼 큰 그늘을 드리우는 어른도 계셔야 하지만 세상을 더럽히지 않고, 싸움을 일으키지 않으며, 제 몸 하나 추스를 힘으로 가까운 이웃과 정겹게 어깨동무하는 것만으로도 세상은 평화로울 수 있다고 여기기 때문이다.

등 뒤에서 지켜보는 눈길

내가 아닌데 나는 그러지 않았는데, 그저 가까이에 있었다는 까닭만으로 다들 내가 그랬다고 여기며 둘레에서 싸늘한 눈총을 보낼 때가 있다. 나보다 더 큰 잘못을 저지른 이들이 멀쩡한데, 곁불 좀 쬐었을 뿐인 나만 밀려나 '왜 나만?' 억울해서 견딜 수 없다. 앞뒤가 꽉 막혀 오도 가도 못하겠다. 무엇이 나를 억누르고 있어서 벗어나려고 해도 벗어날 수 없어 비명을 지르려고 아무리 외쳐도 목소리가 나오지 않을 때가 있다. 내 목소릴 귀담아듣기는 그만두고 누가 듣는 시늉만이라도 해줬으면 좋겠는데 아무도 돌아보지 않을 때가 있다.

내가 동떨어진 외딴섬 같다고 느낄 때마다 곱씹어 새기던 스승이 해주신 말씀이 있다.

어둠 속에서도 빛이 있듯이 아무리 나쁜 처지에 놓일지라도 우리 삶에는 숨은 뜻이 있다. 우리가 요즘 겪고 있는, 직장을 잃고 한데 나앉은 괴로움에 담긴 뜻을 찾아낼 수 있다면, 우리는 다시 일어설 수 있을 것이다. 살아야 할 까닭이 있는 사람은 어떤 형편도 기꺼이 견뎌낼 수 있다.

… 살아온 길목마다 내 등 뒤에서 나를 속속들이 지켜보는 '눈길'이 있음을 굳게 믿는다. 그 눈길은 이따금 내가 게으름을 피우거나 엉뚱한 생각을 할 때 더욱 뚜렷하게 드러난다. 때로는 꿈속에서 그 목소리가 나를 불러 깨울 때도 있다. … 그 눈길은 이 괴로움을 견디기 힘들어 낙담하며 고개를 떨구는 우리 모습이 아니라, 꿋꿋하게 넘어서는 모습을 보고 싶어 할 것이라고 나는 믿는다.

늘 마음에 품고 있던 말씀이라 스승 말씀과 낱말이나 말투가 달라졌을지 몰라 조심스럽다. 그러나 흐름은 그리 달라지지 않았을 것이라 믿기에 그대로 털어놓았다. 말씀으로 보아 스승도 저럴 때가 있었다고 느꼈다.

내게도 등 뒤에서 나를 바라보며 브듬어주는 눈길이 있다. 힘든 일을 겪기에 앞서 품을 나눠주기도 하고, 어려움을 겪고 있을 때 눈길을 보내기도 한다. 늘 나란히 걸어주시는지도 모른다. 살아야 할 까닭을 늘 일러주던 어른은 돌아가시고 나서도 내가 퍽 안쓰러우신 듯하다. 아이 걱정을 할 때면 꿈에 나타나 아이들과 두런두런 이야기를 나누며 아울러 주신다. 좋은 뜻을 세워 가는 길에 어울리는 사람들을 아우르지 못해 쩔쩔맬 때 꿈에 목소리로 나타나 쭉 나아가라고 이르기도 하고, 때로는 손사래도 치신다.

꿈은 헛것, 신기루를 가리키는 말이다. 신기루를 찍은 사진이 있는 것으로 보아 헛것이 아주 헛된 것이 아닐 수 있다는 얘기다. 꿈은 제 마음이 비친 그림자다. 꿈이, 또는 내 안에서 울려오는 그 소리가 헛것이든 아니든 짚지 않아도 괜찮다. 스승 말씀처럼 나를 지켜보는 그 눈길이 괴로움을 견디기 힘들어 고개를 떨구는 모습이 아니라 꿋꿋이 괴로움을 넘어서는 모습을 바란다는 그 한 가지만으로도 숨통 트인다. 세상이 아무리 힘들고 고되더라도 하소연할 수 있는 곳 하나만 있어도 너끈히 살아낼 수 있다는 말씀이다.

종교가 있는 까닭도 여기에 있다. 그런데 요즘 사람들은 그토록 믿어오던 종교를 하나둘 떠나고 있다. 종교에 귀의한다는 말은 종교라는 언덕에 기댄다는 말이고, 종교 그늘에 들어가 쉰다는 말이며, 그 품에 안긴다는 말이고, 마른 목을 축인다는 말이다.

그런데 종교가 메말라서 사막으로 바뀌어 들어가 쉬기는커녕 발을 디딜 수 없을 만큼 뜨겁기만 하면 어떨까? 말을 바꿔야겠다. 종교가 메마른 게 아니라 종교를 아우르는 이들이 메말랐다고 해야 옳다. 종교가 하소연을 받아주지 못할 만큼 품이 좁아진 것이 아니라 요즘에 그 종교를 아우르고 있다고 나서는 이들이 좁아터졌다는 말이다. 예수든 부처든 그 어른들이 펴신 뜻이 어찌 세월에 따라 바뀌겠는가. 모든 게 바뀌는 것이 세상 이치라지만, 그분들이 펼친 가르침이 저때 다르고 이때 다를 수 없다. 그러니 내가 오해받을 만하게 말씀드렸더라도 그 어른들이 펴신 뜻을 오해하지 마시라.

아무튼 내가 기댈 수 있을 줄 알고 하소연하려고 찾아갔건만 그걸 참답게 받아주고 아우를 만한 이를 찾아보기 어려울 때 어찌해야 할까. 모자랄지라도 가까이 있는 이들끼리 서로 등 뒤에서 지켜보는 눈길이 되어 그늘이 되며 언덕이 되어주는 길이다.

내 삶도 버겁고 힘들지만 네 버거움을 귀담아들어 주며 "그랬구나. 그랬었구나." 하면서 네 설움 내 설움을 나누며 울고 웃어주는 사이.

별것도 아닌 일로 같이 흥분하고 아무것도 아닌 일로 같이 성내고, 뻔히 흰소리 친다 싶더라도 "그리, 멋져!"라고 받아들이는 사이.

제 한 몸 추스르기 버거운데도 굽은 내 어깨를 다독여줄 때 "너뿐이야. 너밖에 없어." 하고 고마워하면서 힘을 실어주는 사이.

혼자 울면 서러운데 같이 우니 그나마 낫다고 여기며 등 두드려주는 사이.

남이라고 여기던 이를 '너'로 돌려세워 이웃으로 받아들이는 길만이 버겁기 그지없는 이 세상에 오아시스를 이루는 일 아닐까.

마음, 곱게 써야 맑게 닦여

흐르는 물이 생명력이 있듯이

마음도 살아서 움직여야 튼튼해진다.

흔히 마음 닦는다고 하는데 무엇으로 닦는가?

마음이 눈에 보이면 손으로 문지르거나

걸레로 훔칠 수 있겠지만, 그렇지 않기 때문에

닦는다는 말은 매우 관념에 빠진 표현이다.

제대로 말하면 '마음을 쓰는 일'이다.

순간순간 마음 쓰는 일이 곧 수행이다.

마음을 어떻게 쓰느냐에 따라

삶이 꽃처럼 피어날 수 있고,

꽉 막힌 벽을 이룰 수도 있다.

스승이 2006년 2월 겨울 안거를 푸는 날 법석에서 나눠주신 말씀이다. 미운 사람을 부처나 보살처럼 맞아야 쌓인 업이 녹는다고 하면서, "안거 푸는 날인 오늘 맺히고 닫힌 마음을 다 풀어 버리라."라고 덧붙였다.

마음은 어떻게 써야 할까?

지난여름 청주에 있는 한 초등학교 여름 독서 캠프에서 아이들과 『생각이 깊어지는 우리말 공부』와 『한글 꽃을 피운 소녀 의병』을 펼치며 놀았다. 3학년에서 6학년을 묶어 『생각이 깊어지는 우리말 공부』를 바탕에 두고 이름과 어울림 놀이를 하고, 1학년과 2학년은 『한글 꽃을 피운 소녀 의병』을 바탕에 두고 소리시늉말과 짓시늉말을 익히며 놀았다. 소리와 짓을 묶어놓은 놀라운 한글이 우리말을 이어오게 했기에 할 수 있는 놀이였다.

두 반 다 문을 열면서 나는 말놀이에 앞서 몸을 풀자고 했다. 종이에 저마다 제가 가장 듣고 싶은 말을 크게 쓰고 공처럼 성글고 둥글게 뭉치라고 했다. 그리고 탁자를 가운데 두고 둘로 갈라서서 종이 뭉치를 맞은 쪽으로 가볍게 던지고, 떨어진 뭉치를 주워 그치라고 할 때까지 던지라고 했다. 신바람이 나서 던지는 아이들 사이를 까르륵, 깔깔 웃음소리가 메운다.

이제 그만하고 마지막에 손에 든 말을 펴보라고 했다. 모두 낯빛이 환해진다. 아이들에게 “마음이 어떠냐?” 물으니 “좋다”고 했다.

“내가 듣고 싶은 말을 네게 건네기. 마음에 사랑 싹틔우는 첫걸음이다.”

어떤 말이 가장 많이 나왔을까? ‘고마워’였다. 예순을 넘기고서야 나를 둘러싸고 있는 모든 것이 고맙다고 새겼는데, 어린 나이에 ‘고맙다’에 담긴 값어치를 꿰뚫고 있다니 놀라웠다. “고마

위.” 가슴을 열어 사랑 싹틔우는 거룩한 말씀인데, 그 값어치를
안다는 것은 마음을 이웃이 고마워할 만큼 쓰고 있다는 얘기였
을 테니.

아버지가 사업을 그르쳐 식구들은 거지가 될 형편이었다.
그런데 어머니는 그날 저녁, 잔칫날처럼 푸짐하게 상을 차
려놓았다. 아버지는 어머니에게 “도대체 이게 무슨 짓이오.
당신 정신 나갔소?” 하며 벌컥 성을 낸다.
어머니는 “우리에게 누려야 할 때는 내일이 아니라 바로 오
늘이에요. 오늘이야말로 우리가 기꺼워야 할 때예요. 잠자
코 잡숫기나 하세요.”라고 못 박는다.

『살며 사랑하며 배우며』를 지은 레오 버스카글리아가 털어놓
은 어머니 마음씨다. 마음을 어떻게 써야 하는지 알려주는 살림
살이 본보기가 아닐 수 없다.

나무 법정 인로왕보살 마하살

'무엇에 이끌려 쓰고 있다.'

글을 쓰다가 이따금 드는 생각이다. 내가 글을 쓰는 것이 아니라 다른 무엇이 이끌고 나는 따라 쓰기만 한다는 생각이 들 때가 있다는 말이다.

나는 스승이 말씀하고 살아온 흐름으로 보아 관세음보살을 품고 계셨을 것으로 여긴다. 그래서 지장전을 지을 때도 전각이라면 마땅히 그에 걸맞은 관음전이어야 한다고 생각했다. 그런데 신도회 살림을 맡은 이들은 지장전을 짓고 영가 위패를 모셔야 한다고 했다. 불교가 생각하고 지어가는 펄펄 살아 있는 종교여야지 기복에 매여서는 안 된다고 생각하는 나는 우리 절 중심 법당이 극락전인데 지장전을 또 지으면 뜻이 겹칠뿐더러 스승 뜻에도 어긋나니 관음전을 지어야 옳다고 했다. 그랬더니 지장전을 짓고 영가 위패를 모신다고 해야 돈 모으기가 쉽다면서 고개를 가로저었다.

어린이 법당과 직원 숙소가 있던 건물이 오래되어 곧 무너질 수도 있다는 얘기를 들은 스승은 그 집을 허물고 다시 짓는 김에 화장실도 바닥이 갈라지고 무너질 수도 있으니 화장실까지 넣어 조촐한 2층 건물을 짓도록 하라고 했다. 그러나 신도회를 아우르는 이들이 법당을 지어야 돈 모으기가 어렵지 않을 것이라고 하더니 급기야 지장전을 지어야 주머니를 더 잘 열 것이라고 한 것이다.

이 이야기를 꺼낸 까닭은 지장전을 짓고 났을 때 길상사마저도 건물만 크게 올리면 어쩌느냐고 걱정한 이들이 적지 않았기 때문이다. 잘못이라면 힘껏 막아서지 못한 나도 벗어날 수 없다.

이번에 스승 발자취를 되짚어보면서 아무래도 스승은 관세음보살과 어울린다는 생각이 더 깊어졌다. 자료가 있을까 싶어 찾아봐도 가톨릭 신자 최종태 선생과 인연이 닿아 길상사에 들어선 관세음보살상 얘기 말고는 없었다.

바로 그때 책상 위에 놓인 책과 메모지 사이로 맑고 향기롭게 소식지가 눈에 띄었다. 뽑아서 펼친 쪽에 굵은 글씨로 쓰인 '관세음의 노래'가 눈에 들어왔다. 들여다보니 "흥미로운 사실은 법정 스님은 찬불가를 직접 작사하기도 했다. 바로 '관세음의 노래'이다."라고 쓰여 있다. 글쓴이는 맑고 향기롭게 홍정근 이사였다.

삼계의 중생을 천안으로 살피시고

고해의 중생을 천수로써 건지시는

자비하신 관세음보살님께 귀의하오니

켜

누군가 스승 자취를 드러내주는 이가 있어 우리는 오래된 새 길을 걸을 수 있다.

"나는 나이고 싶다. 나는 내 식대로 살고 싶다."라는 스승 말씀에 덧붙여 절집에서 말하는 '자리이타'를 제대로 하려면 '자리', 나를 살리어 밑바탕을 튼튼히 하고 나서야 '이타', 이웃을 아우를 수 있다고 말하려고 며칠 생각을 다듬고 있었다. 그런데 느닷없이 『서 있는 사람들』 글이 세로르 쓰인 옛 판이 떠올랐다.

책을 찾아 셋째 장 '다래헌 한담' 중간에 있는 '책에 눈이 멀다'를 읽으면서 고개를 끄떡이다가, 마지막 장 '출세간' 중간에 들어 있는 '이 한 권의 책을' 꼭지에서 눈이 멎고 가슴이 뛰었다.

다음과 같은 글월이 들어왔기 때문이다.

'너와 나는 떼려야 뗄 수 없이 아끼지 않을 수 없는 사이'라는 말씀으로 중도, 가온 길을 내디뎌야 하는 까닭을 올곧게 짚었다. '저마다 따로따로 떠 있는 외로운 섬'이라고 여기지만, 같은 뿌리에서 뻗어나간 가지는 모두 한 가지라는 말씀으로 평등에서 벗어나면 마침내 나도 죽이는 일이라는 우레다. 중도는 사랑이다.

임종을 앞둔 스승을 찾아간 길상사 초대 주지 청학 스님이 "생사, 나고 죽음이 있습니까?"라고 여쭸을 때 "없다."라고 써주셨다는 어른답게 스승은 여태도 어수룩한 나를 아우르신다.

스승은 절판할 수 있도록 도와달라고 말씀하고 세상을 떠나셨다.

'이제 사람들은 앞으로 수십 해 동안 스승 글을 볼 수 없을 것이다. 그렇게 되면 이 좋은 스승 사상이 이어질 수 없겠구나.' 싶어 스승이 가시고 이태 동안 스승과 인연 이야기를 풀어냈다. 그러면서 뵈었던 농부 철학자 윤구병 선생과 도법 스님 두 분을 모시고 몇 해에 걸쳐 우리나라 스님들이 풀어낸 부처님 가르침을 우리말로 푸는 일을 했다. 아울러 도법 스님이 '부처님처럼 대화하자'라는 뜻을 세운 모임 '붓다 대화'와 우리는 모두 본디 붓다이니 어렵사리 깨달으려고 할 것 없이 바로 여기서 '붓다로 살자'는 모임에 어울려왔다.

아울러 한반도 평화를 가져오려면 우리나라가 영세중립국으로 가야 한다고 말씀한 윤구병 선생 뜻을 받아 '으라차차영세중립코리아'를 만들었다. 그 줄기에 평화 책이 서른 권 남짓한, 세상에서 가장 작은 평화도서관인 '꼬마평화도서관'을 나라 곳곳에 여는 일도 하고 있다. 이제까지 쉰여섯 곳에 둥지를 틀었다. 이 모두가 스승과 맺은 인연 끄나풀이 뭉게구름처럼 거듭 부풀어 오르는 것이 아닌가 싶다.

나와 관계없는데, 전혀 모르는 남이 겪는 일인데, 내 갈 길이 바쁜데 싶다가도 차마 고개를 돌리기 어려울 때가 있다. 공감하기 때문이다. 어째서 사람들은 말하지 않아도 알며 눈으로 보기만 해도 겪은 것처럼 느낄까?

우리 뇌, 골 안에 '미러 뉴런(mirror neuron)', 우리말로는 거울 신경세포가 있기 때문이다. 1996년 원숭이를 놓고 행동 신경세포를 연구하던 파르마 대학 연구진이 거울 신경세포를 찾아냈다. "사람은 다른 사람이 하는 짓을 베끼면서 새로운 것을 배우고, 남이 하는 짓을 헤아릴 수 있는 것은 다 거울 신경세포 힘"으로 앞서 스승이 "화엄 거울에 비친 우리는 같은 뿌리에서 뻗어나간 가지임을…….".이라고 했던 인드라망 구슬 이야기와 같다.

인드라망 구슬은 그물에 그물코처럼 얽히고설켜 서로서로 거울 진다. 우리말에는 일찍이 '거울 지다'라는 말이 있었는데, '되비쳐 보이다'라는 뜻이다. 사람들이 이웃이 겪는 아픔을 느낄 수 있는 것은 다 '거울 져' 알기 때문이다.

천둥벌거숭이 같던 내가 붓다살이를 해야 한다면서 '평화는 살림'이란 말머리를 들고 평화놀이를 할 줄 누가 알았겠는가.

스승에 거울 지고, 윤구병 선생에 거울 지고, 도법 스님에게 거울 진 까닭이다. 이토록 나를 여기까지 몰고 온 스승은 내게 더 없는 길라잡이다. 절집 말로 바꾸면 길을 이끌어주는 인로왕보살이다.

나무 법정 길잡이보살 마하살!

다 하지 말고 남겨두라

- 컬러테레비는 샀소?

- 아뇨. 아직 못 샀는데요.

- 살 거지요?

- 사주렵니다.

- 냉장고는 샀소?

- 냉장고도 사야지요

- 그래요. 그러면 하나만 사고 하나는 남겨두시오.

- 어째서요?

- 아, 컬러테레비도 사고 냉장고를 다 사고 나면 다음에는
또 뭣이 사고 싶겠소? 사람 욕망이 그치지 않아 점점 더 사
고 싶은 욕심이 커지지 않겠어요. 그러니 둘을 갖고 싶을
때 다 하지 말고 늘 하나는 남겨두시오.

1980년, 벌교에서 신혼여행 왔다며 불일암을 찾아온 신혼부
부와 나눈 말씀이다.

텔레비전 방송이 막 흑백에서 컬러로 바뀐 끝이라 컬러텔레
비전 있는 집이 드물었다. 요즘과는 달리 예전에는 방 한 칸에

솥단지 하나 수저 두 벌로 시작하다시피 했다. 그랬기에 없어서는 안 될 것부터 하나하나 마련하며 꿈을 채워가는 재미가 쏠쏠했다. 요즘에는 살림이 넉넉한데도 늘 투덜거린다. 다행스럽게도 머리카락이 하얗게 사위다 보니 모자라는 구석이 많아도 마음 붙일 곳만 있으면 기껍다고 여긴다.

"다 사지 말라"라고 하지 않고 "다 하지 말라"라고 한 말씀이 와닿았다. 다 하지 않기, 우리나라 사람들이 품었던 슬기로움이다. 중국 사람들이 시월 열흘, 쌍십절을 즐길 때 우리나라 사람들은 구월 아흐레, 중양절을 누렸으며, 술을 마실 때도 계영배에 따라 마셨다. 계영배는 술을 70% 넘게 부으면 술이 밑으로 쑥 빠져나가 마실 수 없는 술잔이다.

넘치도록 누리지 않아야 한다는 바탕에는 나누어야 한다는 뜻이 가득했다. 장사치는 덤이라면서 손님에게 한 움큼 더 쥐여주고, 감을 따면 소지 값이라며 이웃에 감을 돌렸다. '쓸 소'에 '땅 지'가 모여 이룬 소지는 담을 넘어갈 만큼 우거진 감나무 가지에서 떨어진 잎을 쓸어내느라 성가셨을 테니 고맙다는 '정가름'이다. '석덤가름'이라는 말도 있는데, 흉년이 들면 살림이 넉넉한 집에서는 밥을 세 그릇 더 지어 울타리 구멍에 내놓는 것을 가리킨다.

'다 하지 않고 나누기'. 살림살이 밑절미다.

집을 드나들 때마다 스승 사진에다 "다녀오겠습니다.", "잘 다녀왔습니다." 하고 절을 올린다는 이계진 선생. 차가 있어도 대중교통을 타고 다니기를 즐기고, 새 구두를 사기보다는 오래 신어 발과 하나 된 낡은 구두를 좋아하며, 강연료를 묻는 이들에게는 "정해진 대로 주십시오."라고 말씀한단다.

한껏 누리려 하지 않고 사리려는 몸가짐이요, 마음가짐이다.

"나쁜 짓 하지 말고 착한 짓 받들어 하시오."

"어떤 것이 도입니까?"라는 물음에 내놓은 말씀이다. 물었던 사람은 어이없다는 듯 "그건 세 살배기도 아는 것이 아닙니까?" 하고 비웃고 "세 살 먹은 아이도 말할 수는 있으나 여든 먹은 늙은이도 하기는 어려운 일"이란 말씀이 되돌아온다.

계를 받는 날(불기 2543년 3월 7일) 스승이 내놓은 말씀은 "부디 착하게 살라."였다. 위에 나오는 얘기는 중국 당나라 시대 선승인 도림 스님이 백거이라는 지방 장관과 나눈 말씀으로, 착하게 살기가 말처럼 쉽지 않다는 보기로 든 이야기다.

나무 위에 올라 참선하기를 즐기는 도림 스님을 보고 사람들은 새가 둥지에 앉아 있는 것 같다 하여 '새 조(鳥)'에 '보금자리 과(窠)'를 써서 조과 스님이라 불렀다. 자가 낙천이라 흔히 백낙천이라고 하는 백거이는 시인이자 뛰어난 정치가였다. 항주 자사로 내려온 백거이는 널리 이름이 알려진 스님이 가까이 살고 있다는 소리를 듣고 시험해볼 양으로 도림 스님이 머무는 절로 찾아간다.

백거이는 나무 위에 앉아 저를 거들떠보지 않는 스님에게 언

짧은 마음을 누르며 묻는다.

"거기서 뭘 하십니까?"

"참선합니다."

"무척 아슬아슬해 보입니다."

"허허, 내가 보기엔 그대가 더 아슬아슬해 보입니다그려."

"두 다리로 땅을 디디고 서 있으며, 벼슬도 자사에 이른 내가 아슬아슬할 까닭이 있습니까?"

"티끌 같은 세상 지식으로 젠체하는 마음만 늘어 시달림이 끝이 없고, 탐욕이 쉬지 않고 타오르니 어찌 아슬아슬하지 않겠소?"

백거이가 다시 묻는다.

"그렇다면 어떤 길을 가야 합니까?"

"나쁜 짓 하지 말고 착한 짓 받들어 하시오."

"그건 세 살배기도 아는 것이 아닙니까?"

"세 살 먹은 아이도 말할 수는 있으나 여든 먹은 늙은이도 하기는 어려운 일이오."

이 말씀에 할 말을 잃은 백거이가 무릎을 꿇었다는 얘기다.

이날 스승은 귀동냥으로 주워들은 얘기로 말은 번지르르하게 늘어놓지만, 삶이 따르지 않는 헛똑똑이인 줄 어찌 아셨는지, '슬기로울 지'에 '빛 광'을 붙여 '지광'이라고 지어주셨다. 이보다 오래전 조계사에서 '도일'이라는 법명을 받았다. '길 도'에

'해 일', 길을 밝히는 빛이 되라는 말씀인데, 새로 받은 이름도 다를 바 없었다. 길을 밝히는 빛이든 슬기로울 빛이든 법명에 따르려면 착하게 살아야 한다는 말씀이다.

백거이가 말했듯 착하게 살아야 한다는 것을 모르는 이는 없다. 그런데 삶이 되어 나오지 않는 까닭은 어디에 있을까? 머리로만 헤아릴 뿐 사무치게 살아내려고 들지 않았기 때문이다. 우리가 참답게 살아왔다면 어찌하여 세상에 싸움과 다툼이 끊이지 않으며, 지구는 날마다 살 수 없는 곳으로 망가지고 있을까?

삶과 동떨어진 앎이란 아무짝에도 쓸데없다. 머리로 헤아린 채 '누가 해주겠거니' 하며 기다리거나 '내 일이 아니야'라고 도리질하는 사이에 우리 목숨이 가라앉는다.

남이란 제 마음속에 떠올리는 그대로 나타난다네

"제 눈에 안경"이라는 말은 남이 보기에는 보잘것없더라도 제 마음에 들면 좋아 보인다는 말이다. 얼핏 들으면 제 밑가늠에 따라 좋고 나쁘고를 가리는 말처럼 들린다. 참으로 그럴까? 몇 해 전 "제 눈에 안경, 과학으로 입증"이라는 기사가 떴다. 얼거리를 간추려 다듬으면 다음과 같다.

하버드 대학과 웰즐리 대학 공동 연구진은 아름답다고 여기는 기준이 사람마다 다른 것으로 나타났다고 밝혔다. 일란성쌍둥이라고 하더라도 저마다 다른 생김새에 끌린다는 것이다.

연구진은 일란성쌍둥이 547쌍과 동성 이란성쌍둥이 214쌍을 아우른 3만 5천 명에게 얼굴 사진 200개를 보여주며 끌림에 따라 줄 세우도록 했다. 그랬더니 끌림은 유전자(DNA)가 아닌 저마다 자라온 환경에 따라 만들어지는 것으로 드러났다.

하버드 대학 로라 저마인 교수는 "같은 식구라도 끌리는 아름다움이 다른 것으로 보아 함께 겪기보다 개개인이 겪는 것이 더 영향을 미치는 것으로 보인다. 소셜미디어나 대중매체뿐 아니라 벗들과 남다르게 어울리며 소소하게 겪은 일들도 끌림에 영향을 미칠 수 있다."라고 했다.

연구진은 어버이가 부자고 가난하고, 다니는 학교 또는 자라난 동네보다는 개개인이 남다르게 겪은 일이 영향을 미친다고 했다. 아름답다고 받아들이는 기준이 보편성보다는 저마다 겪은 데서 나오는 개성이라는 것이다.

아름답다고 여겨 끌리는 것은 타고나거나 여럿이 어울리며 쌓은 경험보다는 한 사람 한 사람이 살아가면서 어울리는 이웃 한 사람 한 사람에게 거울 지며 물드는 데서 온다는 말씀이다. 다시 말하면 우리가 '나' 또는 '개성'이라고 여기는 것들은 다 가까이서 거울 지며 쌓인 기억이 드러난 것뿐이라는 말씀이다. 좋은 벗을 사귀어야 한다는 말을 흘려들을 수 없는 까닭이다.

이 쌓임이 이웃과 이웃에 거울 지며 거듭 넓혀지고 도돌이표처럼 이어진다. 절집에서는 이를 켜(업)라고 한다. 몸에 배어 저도 모르게 드러나는 켜는 스스로 어쩔 수 없이 말려 들어가 거듭해 짓지 않으면 안 될 만큼 힘이 세다.

어떤 마을 어귀 작은 밭에서 늙수그레한 농부가 밭을 갈고 있다. 지나가던 젊은이가 묻는다.

"이 마을에는 어떤 사람들이 사나요?"

"그대가 살던 마을 사람들은 어떻소?"

"말도 마세요. 제 욕심에 눈이 벌게서 더불어 살아가려는 생각이 손톱만큼도 없습니다."

"이 마을 사람들도 다를 바 없소."

젊은이는 대꾸도 없이 돌아갔다.

며칠이 지나 다른 젊은이가 와서 묻는다.

"이곳에 사는 사람들은 어떻습니까?"

"그대가 살던 곳에 사는 사람들은 어떤 사람들이오?"

젊은이가 신나서 얘기한다.

"살갑고 도타운 사람들이지요. 아이를 아끼고 마음 씀씀이가 넉넉해요. 들꽃 하나 함부로 꺾지 않는……."

이 이야기를 들은 늙은이도 신바람 나서 말한다.

"아암, 이곳에 사는 이들도 그렇고말고."

이 젊은이가 마을로 들어가자, 곁에서 밭일을 거들던 이가 묻는다.

"지난번에 왔던 젊은이와 이 젊은이가 살던 마을 풍경이 아주 딴판인데, 어째서 모두 우리 마을과 같다고 하셨습니까?"

늙은 농부는 빙그레 웃으면서 말을 건넨다.

"사람들은 누구나 제가 빚은 이웃에 따라 살아가기 마련이라네. 제가 살던 마을을 나쁘게 여기는 사람은 이 마을에 와서도 좋을 리 없어. 그러나 제가 살던 곳을 아름답게 받아들이는 사람은 이곳 또한 아름답게 가꿀 수 있지. 마음 깊이 새기게. 남이란 제 마음속에 떠올리는 그대로 나타난다네."

제가 지은 켜에 따른 끌림이 끈을 만들고, 그 끈이 또 저를 만들기를 되풀이한다. 내가 가까운 이웃이라고 여기던 사람에게 뜻하지 않게 낭패를 겪는 일이 있다. 그럴 때 곰곰이 돌이켜고 되새겨보라. 보일 것이다. 내 안에 그이를 닮은 구석이 있다는 것이. 아니라고 도리질하고 싶지만 받아들여야 한다. 받아들이지 않고는 내가 바뀌지 않는다.

다듬으면 "제 눈에 안경"이라는 말은 제가 그동안 쌓아 올린 짓에 따라 거울 지는 것에 저도 모르게 끌리는 것이다. 그러니 끌리는 데 따라 어울려 빚은 열매가 좋지 않다면 마음을 굳게 다지고 그 끌림 뿌리를 뽑아내야 한다.

어떻게 해야 할까?

저도 모르게 돌아가는 고개를, 애써 돌려놔야 한다. 억지로 돌려세우는 힘을 우리는 '계'라고 한다. 기독교인이 받아 지키는 십계명과 불자라면 누구라도 받아 지켜야 하는 오계가 그것이다. 명상이 지닌 힘은 모두 '계'를 밑바탕에 두어 피어오른다. 자율을 바탕에 두지 않고는 자유로울 수 없다.

지묵 스님이 불일암에서 스승을 모시고 살 때였다. 송광사 불사를 할 때 얹을 기와를 보러 불사 도감을 맡고 있던 스님이 지묵 스님과 함께 스승을 모시고 기와를 보러 강진 나들잇길, 점심 공양을 하러 한정식집에 들렀다.

스승이 손을 씻으러 간 사이에 상이 들어왔다. 장난기가 일
어난 지묵 스님이 스승 밥 속에 볶은 고기 두어 점을 넣고
곱게 덮어뒀다. 손을 씻고 돌아온 스승이 "자, 맛있게 들어.
약으로 알고 먹더라고." 하며 수저를 뜨다가 "아니." 놀라
다가 "아까워서 못 먹겠네." 하고는 고기를 꺼내 지묵 스님
밥에 올려놓으며 입을 연다.

"한 처녀가 있었어. 신랑을 고르다가 혼기를 놓쳤지 뭐야.
근데 나이 서른을 훌쩍 넘기고 나서야 마음에 드는 사내를
만났어. 그런데 결정을 내리지 못하그 몇 날 며칠 고민하다
가 혼자 살기로 했다는구먼."

"……?"

"마음에 쏙 드는 혼처가 나타났는데도 이 노처녀가 어째서
혼인하지 않겠다고 한 줄 알아?"

"글쎄요……?"

"여태껏 지켜온 정절이 아깝다나."

"네?"

스승은 아무 일 없이 밥을 드셨다는디.

『법정 스님 숨결』 '이제껏 지켜온 정절이 아까워'에 나오는 말
씀을 간추렸다.

영원한 맑고 향기롭게 본부장 윤청광 선생에 따르면, 초기 맑

고 향기롭게 회식 자리 임원들 사이에 곡차가 당기는데 아무도 말을 꺼내지 못하고 스승 눈치를 봤다고 한다. 그때 그나마 넉살 좋은 윤 선생이 나서서 "목이 컬컬한데 곡차나 한잔합시다."라고 너스레 떨며 시키고는, 스승에게 목만이라도 축이시라고 따라 드릴라치면 "나는 전생에 아주 많이 들었어요. 전생에 덜 드신 분들이나 많이 드시오."라고 하셨단다.

자유인이 되겠다고 출가한 스승이 누구보다 계율에 엄격하셨던 까닭이 어디에 있을까? 스스로 지키는 자율 바탕에 자유가 깃들기 때문이다. 옹근 켜 쌓기 곧은 줏대 세움에서 비롯한다. 제 생각을 기르는 바탕을 이루는 힘이 뱃심이요 곧은 줏대를 밀고 나가는 힘도 뱃심이다. 뱃심은 또 곧은 줏대에서 비롯한다. 맞물려 어울리는 곧은 줏대와 뱃심이 좋은 '나'를 이루고, 나아가 좋은 '이웃'을 이루고, 더 나아가 좋은 '마을'과 좋은 '나라'를 이룰 수 있다.

밥을 명상하다

절집에서 널리 읽히는 공양게가 두 개 있다.

물 한 방울에도 천지 은혜가 스며 있고
곡식 한 톨에도 만 사람 노고 담겨 있습니다.
이 음식으로 이 몸을 길러
몸과 마음을 바로 하고 청정하게 살겠습니다.

켜

이 게송은 밥이 입에 들어가기까지 누가 어떻게 힘을 모아줬
는지 흐름을 헤아려 풀어 어떤 마음으로 그 밥을 먹어야 할지,
그 밥을 먹은 내가 어떻게 살아야 할지 바로 알 수 있도록 샅샅
이 일러준다.

이 음식이 어디서 왔는고?
내 덕행으론 받기가 부끄럽네.
마음에 온갖 욕심을 버리고,
몸을 보호하는 약으로 알아,
도업을 이루고자 이 공양을 받습니다.

이 게송은 대대로 이어오던 오관게를 스승이 지묵 스님에게
풀어보라고 해서 나온 게송이라고 하니, 두 분이 어울려 빚은 가
락이다. 본디 한자로 된 글월을 펼쳐보면 다음과 같다.

계공다소량피래처 計功多少量彼來處
촌기덕행전결응공 村己德行全缺應供
방심이과탐등위종 防心離過貪等爲宗
정사양약위료형고 正思良藥爲療形枯
위성도업응수차식 爲成道業膺受此食

다른 줄은 그대로 풀어놓았는데 첫 줄이 아주 다르다. 본디
말뜻에 가까우려면 "(이 밥이 놓이기까지에 들어간) 크고 작은 공을 떠올
리며 온 곳을 헤아려보니"라고 풀어야 할 테다. 그런데 어째서
"이 음식이 어디서 왔는고?" 하고 물음을 던졌을까?

"이 음식이 어디서 왔는고?" 하는 물음에 갸웃거리며 어디서
왔을지 새겨본다. '농토에서 또는 강가나 바닷가에서 왔구나' 하
고 생각하다가 벼와 같은 낱알을, 배추나 상추 같은 남새를, 사
과나 배 따위 열매를 거듭 짚으며 먹을거리이기에 앞서 한목숨
이었음을 떠올린다.

또 저이들이 뿌리를 내리고 살던 흙을 떠올리고, 비바람을 몰
아다 주는 하늘을 떠올리며, 볕을 쏘여주는 해를 떠올린다. 더불

어 농사짓거나 그것이 내 입에 들어오기까지 날라다 주며 애쓴 이들이 떠오른다.

'이것을 다 빼고 나라고 할 것이 있을까?' 하는 생각이 들면서 '무아'란 따로 떨어진 내가 있을 수 없다는 말이면서 결국 나란 저이들이 없이는 '아무것도 아니라는 말이구나.' 하는 데까지 생각이 미쳤다.

친절하게 "물 한 방울에도 천지 은혜가 스며 있고 곡식 한 톨에도 만 사람 노고 담겨 있다."라 하거나 "(이 밥이 놓이기까지 든) 크고 작은 공을 떠올리며 온 곳을 헤아려보니"라고 했더라면 돌아보지 않았을 것이다. 그러고 보니 저 물음이 바로 "네 생각이 무엇이더냐? 네가 여겨듣고 새겨들은 바탕에서 짓고 펼친 네 살림을 내놔 봐!"라는 드잡이구나 싶다.

'아무리 많은 국을 퍼도 국 맛을 모르는 국자처럼, 뜻도 모르고 사람이 한 말을 따라 읊조리는 앵무새처럼 이웃이 펼쳐놓은 뜻을 되뇌고 있었을지도…' 하는 데까지 생각이 미치자 소름이 돋는다. 떠먹여 주지 않고 스스로 떠먹게 하고, 씹어 먹여 주지 않고 스스로 씹는 맛을 느끼게 하려는 마음새다.

한마디 물음에 도탑고 깊은 마음씨가 고스란하다니…….

그저 말없이 밥을 먹기보다 수저를 들기 전 잠깐 틈을 내어 공양게를 한다면 자연을 비롯한 이웃 없이는 한순간도 살아갈 수 없다는 것을 느낄 수밖에 없다.

욕심은 부리는 게 아니라 버리는 것

길상사가 가난한 절이 되었으면 합니다.

요즘은 어떤 절이나 교회를 물을 것 없이

신앙인 분수를 까맣게 잊은 채 호사스럽게 꾸미고

흥청거리는 것이 이 시대 유행처럼 되어 있습니다.

풍요 속에서는 사람이 병들기 쉽지만,

맑은 가난은 우리 마음을 평화롭게 하고

올바른 정신을 지니게 합니다.

이 길상사가 가난한 절이면서

맑고 향기로운 도량이 되었으면 합니다.

불자들만이 아니라 누구나 부담 없이 드나들면서

마음이 평안하고 슬기로운 삶을 나눌 수 있기를 빕니다.

스승이 길상사 문을 여는 날 하셨던 말씀으로 머리에 떠오르는 대로 적바림했다.

가만히 가난을 들여다본다. 가난이란 무엇인가? 사전에는 살림살이가 넉넉하지 못한 것이라고 나와 있다. 살아가는 데 없어서는 안 될 것이 없어 쪼들림이 이어지면 가난하다.

요즘 우리는 어떠한가? 어릴 적에 견줘서는 형편이 많이 피었다. 그런데 어째서 사람들이 그때보다 더 헐떡일까? 절대 가난에서는 벗어나 있더라도 상대 가난에 시달리는 이들이 많기 때문일 테다.

스승은 늘 맑은 가난, 내게 주어진 것을 나누고 작고 적은 것에 기꺼워하며 스스로 가난하게 살 수 있어야 누리 결이 맑아진다고 말씀했다. 맑은 가난이라고 해서 굶주리고 살라는 것이 아니다. 병치레하지 않고 목숨을 이어가는 데 어려움을 겪지 않을 만큼 사는 것을 일컫는다.

스승은 "이 세상은 필요에 따르면 넉넉하지만, 탐욕에 따라서는 모자라기 그지없다."라는 간디 말씀처럼 살아가는 데 없어서는 안 될 것만 누리고 사는 것이 곧 맑은 가난이라고 말씀했다. 떠밀린 가난이 아니라 스스로 껴안은 가난이 바로 맑은 가난이다. 마음을 가다듬고 내 삶을 돌아본다.

스승이 돌아가시면서 이제껏 당신이 써서 남긴 책을 더는 출판하지 말라고 했다. 이 뜻을 이어받을 곳이 '맑고 향기롭게'였다. 나는 스승이 세운 시민 모임, 맑고 향기롭게 살림살이를 하는 사람 가운데 하나였다. 유언을 세상에 알리고 나오며 그 자리에서 내려왔다. 절판하면 맑고 향기로운 뜻이 이어지기 어려울 수도 있다는 생각이 들었기 때문이다.

스승과 인연 맺은 분들 가운데는 스승 또래거나 더 나이 든 어른들도 있었다. 이분들이 가시고 나면 스승이 빚은 소중한 인연들이 고스란히 묻히고 말 수도 있겠구나 싶었다. 그래서 〈동아일보〉 사진기자 일여 거사와 더불어 이태 동안 스승과 인연이 있는 어른들을 취재했다. 맨 먼저 천주교 장익 주교를 만나고 나서 나와 차를 마시는 자리에서 일여 거사가 한마디 했다.

"거사님, 스승과 인연 있는 어른들과 스승님 삶을 그려내는 일을 밥벌이하는 사이사이에 하실 생각이세요?"

두렷한 말은 떠오르지 않으나 말씀 줄기는 이와 같았다. 생각지 못했으나 이치에 닿는 말씀이다. 그때 나는 이따금 기업 강연을 하면서 몇몇 작은 기업에 경영 코치를 하고 있었다.

집으로 돌아와 아내와 머리를 맞댔다. 얼마 되지 않은 일이지만, 한 이태 일을 내려놓아야 할 것 같은데 괜찮겠느냐고. 아내는 선선히 그러라고 했다.

이태 취재를 마치면서 스승 말씀 따라 향기롭게 살지는 못할지라도 맑게 살아야 하겠다는 생각이 들었다. 자연스레 가난에 가까워졌다. 차도 없애고 버스나 전철을 타고 다니면서 운전하고 다닐 때 느끼지 못했던 사람 냄새며 이야기 소리와 어울려 점점 사람이 되어갔다.

벌이에서 손을 놓으니 집을 한 칸 한 칸 줄여가며 먹고 살아왔다. 처음에는 씀씀이가 잘 줄어들지 않았다. 그러나 쓸 돈이 없으니 줄이지 않을 도리가 없었다. 차츰 기부금도 줄여야 했다.

요즘 들어서는 십일조 수준을 가까스로 넘나든다. 모자라도 기꺼우니 그대로 넉넉하다.

청소기 줄을 한 번 플러그에 꽂으면 빼서 다른 데 꽂지 않아도 되는 작은 집에서 조촐하니 누렸다. 먼지를 빨아들이는 줄이 잘려 테이프로 감아 쓰기를 몇 해 만에 엊그제 줄이 없는 청소기를 마련했다. 그래도 아내는 새것을 쓰지 않고 줄에 테이프를 칭칭 동여맨 옛 청소기를 쓰고 있다. 아직 쓸 만하다면서. 오래도록 같이 지내며 쌓은 손때 묻은 정 때문일까.

가난을 떠올리는 명상을 마친 아침, 에스엔에스를 거닐다가 '가난한 교회'라는 말이 눈에 들어와 얼른 펼쳐봤다. "길상사가 가난한 절이 되었으면 한다."라는 스승 말씀과 겹치기 때문이다. 펼쳐보니 이기우 신부라는 분이 쓴 "번영하는 교회가 되지 말라."는 말씀이었다.

이기우 신부 글은 입에 풀칠하기도 힘들 만큼 가난한 과부가 가지고 있던 생활비를 모두 헌금으로 내놨다는 얘기로 문을 연다. 부처님 오시는 길을 밝히려고 가난한 할머니가 구걸해서 등불을 밝혔는데, 다른 등불이 다 꺼지고 나서도 끝까지 꺼지지 않았다는 이야기와 결이 같다.

십일조는 본디 이스라엘 열두 지파 가운데 땅을 나눠 받지 못하고 성전에서 일해야 하는 레위 지파에게 나머지 열한 지파가

내야 하는 헌금이었다. 이기우 신부는 신명기 14장에, 열한 지파 백성은 한 해에 거둬들인 것 가운데 1/10을 바치고 나머지 9/10로 살았으며, 이렇게 모인 돈 가운데 9/10는 레위 사람들에게 나누어주고 1/10은 사제들에게 나누어준 것으로 나와 있다면서 다음과 같이 말씀했다.

> 따라서 교회 살림에는 총수입 1/10만 쓰고, 나머지는 하느님 뜻에 따라 가난한 이들과 복음 선포에 써야 한다. 사회 공익 동아리들도 수입 1/10 안에서 동아리 살림에 쓰고, 나머지는 동아리를 세운 뜻에 맞춰 사회 공익에 쓰는 것이 원칙이다.

따라서 "일해서 벌어들인 돈만이 아니라 시간과 재능, 기회와 경험을 십일조 정신에 맞춰 세상에 돌려드려야 마땅하다."라고도 했다. 잇따라 프란치스코 교황이 우리나라를 찾았을 때 주교단에게 "번영하는 교회가 되지 말고 가난한 교회가 되라."고 말씀한 뜻이 여기에 있다고 하면서 "가난한 교회가 된다는 것은 부자들이나 중산층을 멀리하거나 가난한 이들만 모인 교회가 되라는 것이 아니라, 얼마를 벌었든지 정성껏 나누어 가난한 교회가 되라는 것"이라고 힘주어 말씀했다.

성철 스님도 절은 불공하기를 가르쳐주는 곳이라고 했다. 불공하기를 배우고 나서 세상에 나아가 만나는 이웃을 부처님께 공양 올리듯이 모셔야 한다는 말씀이다. "내 곁에 무엇이 있다면 그건 우주가 내게 널리 나누라고 준 선물"이라고 하셨던 스승은 가톨릭 김수환 추기경님이 길상사 창건 법회에 오셔서 덕담을 나눠준 답례로 이듬해 2월 명동성당에서 강론했다.

때마침 외환 위기를 맞아 온 나라 사람들이 겁을 잔뜩 집어먹고 있을 때였다. 스승은 청빈을 경제 위기를 넘어서려는 한때 방편이 아니라 두고두고 생활 규범으로 삼아야 한다면서 다음과 같이 말씀했다.

절제된 미덕인 청빈은 그저 맑은 가난이 아니라 나누어 가진다는 뜻입니다. '탐(貪) 자'는 조개 패(貝) 위에 '이제 금(今)'을 씁니다. '빈(貧) 자'는 조개 패 위에 '나눌 분(分)' 자를 씁니다. 손에 쥔 화폐를 나누는 것이 청빈입니다. 청빈이라는 말은 나누어 갖는다는 뜻입니다. 사람들에게 만약 가난이 없었다면 나누어 가지는 것을 몰랐을 것입니다. 내가 가난을 겪어봄으로써 이웃이 겪는 어려움에 눈을 돌리게 됩니다.

프란치스코 성인 말씀을 빌리자면 가난은 우리 자신을 떨어뜨리는 것이 아니라 들어 올리는 것입니다. 어려운 처지에 있는 이웃과 나누어 가질 때 그것은 우리 자신을 높이

제 먹이를 나눠 스스로 가난을 껴안는다면, 그대로 맑고 향기로울 수밖에 없다.

"욕심은 부리는 것이 아니라 버리는 것"이라는 스승 말씀 따라 이제라도 움켜쥔 손을 펴고 흥청망청 써대는 소비자라는 말을 듣지 않기를.

네 첫 마음 아직도 있느냐

얼어붙은 대지에 다시 봄이 움트고 있다.

겨울 동안 죽은 듯이 잠잠하던 숲이

새소리에 실려 조금씩 깨어나고 있다.

우리 안에서도 새로운 봄이 움틀 수 있어야 한다.

다음으로 미루는 버릇과 일상의 늪에서 허우적거리는

타성에서 벗어나 새로운 시작을 해야 한다.

인간의 봄은 어디서 오는가?

묵은 버릇을 떨쳐버리고

새롭게 시작할 때 움이 튼다.

봄은 묵은 버릇을 떨쳐버리고 새로 비롯할 때 움이 튼다는 말씀을 들을 때마다 몸이 떨리다 못해 뼛속까지 울린다. 묵은 버릇을 떨치라는 것은 늘 새롭게 다시 서라는 말씀이다.

간디는 『힌두 스와라지』에서 말한다. 참다운 자치는 제 마음을 다스리는 것이며 자치로 나가는 힘은 사랑에서 나온다, 그러려면 모든 면에서 반드시 스스로 서야 한다고. 미루는 버릇을 떨칠 사람도 나요, 그것을 벗어나서 새봄을 빚는 이도 나라는 말씀이다. 이 말을 다른 말로 하면 "제가 짓고 제가 받는다."로, 요즘 젊은이들이 쓰는 준말로 바꾸면 '제짓제받'이다. 스승은 우리를 거듭 흔들었다.

그래서 해 바뀔 때마다 '적어도 일주일에 세 번은 30분이라도 운동해야지.' 하거나, '기타를 배워서 한 해를 마감하며 돌아보는 자리에서는 내 18번을 내가 반주하며 부르고 말리라.' 하고 굳게 다지며 새롭게 비롯한다. 그러나 이내 '추우니 날이 풀리고 나서…' 하며 뭉그적거리다가 제풀에 겨워 나가떨어지고 만다. 오죽하면 "지어먹은 마음이 사흘을 가지 못한다."라고 했을까.

내게 스승이 써주신 "시작하는 마음으로"라는 글이 있다. 2000년이던가? 어린이 법회를 맡은 비구니 스님이 아이들과 함께하는 잔치를 알리는 글을 써 붙였는데 글씨가 반듯하니 고왔다. 그래서 주지 스님에게 사무실에 걸어두고 볼 글귀를 한 줄 써달라고 말씀드려달라고 했다. 그런데 뜻밖에 주지 스님이 스승께 말씀드려 얻은 글이다.

정채봉 선생이 가까운 이웃과 아침 일찍 불일암에 올랐다. 스승은 어디 가셨는지 보이지 않았다. 불일암 마루에 걸터앉아 땀을 들이고 있는데 뒤 숲에서 밀화부리 새소리가 들렸다. 그런데 이 소리가 마치 "네 첫 마음 아직도 있느냐, 네 첫 마음 아직도 있느냐?"라고 묻는 것 같았다고 한다.

쉰 살이 넘도록 일기 한번 변변히 써본 적 없던 내가 따뜻한 스승 모습을 담아내겠다며 나섰다가 '에효, 그러면 그렇지, 네가 무슨 글을 쓴다고 그래.' 하며 주저앉은 적이 한두 번이 아니었다. 그때마다 '네 첫 마음 어디로 갔느냐, 네 첫 마음 아직도 있더냐?' 하고 흔드는 "시작하는 마음으로"에 힘입어 쪼그라드는 마음을 추스르고 무려 다섯 해나 글을 쓰고 다듬어 『법정 스님 숨결』을 펴낼 수 있었다.

여태도 무슨 일을 해보고 싶은 마음이 들더라도 주춤거리기는 마찬가지다. 느릿느릿 슬멋슬멋 하면서도 주저앉지 않고 이어올 수 있는 까닭은 '네 첫 마음 그대로 있더냐?' 하며 드잡이 하는 스승 목소리에 힘입은 바 크다.

여름이 가고 가을이 온다.
처서를 지나더니 아침저녁으로 바람이 선득거리고
풀벌레며 귀뚜라미가 계절의 변화를 노래하고 있다.
이제는 여름에 내렸던 발을 걷고 하루이틀 걸러

군불도 지펴야 하는 계절이 되었다.

계절이 바뀐다는 것은 얼마나 고맙고 다행스러운가.

계절이 바뀜에 따라 우리 삶에도 새로운 시작이 있다.

『그물에 걸리지 않는 바람처럼』 '사람, 책임질 줄 아는 유일한 존재'에서 모셔 온 스승 말씀은 날이 바뀌고 달이 차 새달을 맞고, 철이 바뀌고 해가 차 새해를 맞을 때마다 묵은 허물을 말끔히 벗어버리고 새롭게 비롯할 수 있어야 한다는 드잡이다.

우리가 잊고 살아서 그렇지 우리도 게나 가재, 새우 못지않게 나날이 허물을 벗어야 제 빛깔을 드러내며 살아갈 수 있다. 우리는 마음은 몰라도 몸은 저도 모르는 사이에 저절로 바뀌어간다고 생각한다. 그럴까? 아니다. 뜻 세우고 뜻을 둔 쪽으로 거듭 살려 쓸 때라야 비로소 제대로 바뀐다.

고맙게도 날이 바뀌고 달이 바뀌며 해가 바뀌지 않는가. 어제까지 잘하지 못했더라도 새로 바뀐 오늘 다시 비롯할 수 있다. 툭툭 털고 새로 비롯해보자. 놓지 말아야 할 뜻은 말할 것도 없이 적어도 산목숨 죽이지 않는다는 살림, 자비심이다.

나 자신 부처님 제자로서 험난한 세상을 살아가면서 제1계로서 살생금지를 받들며 살아왔다는 것은 큰 행운이 아닐 수 없다. 그런 계율을 몰랐다면 얼마나 많은 허물을 지었겠는가. … 불타 석가모니 가르침이 지닌 감화력으로 불타 사후 2,500년이 지난 이제까지도 그 가르침을 따라 수행하는 사람들이 늘어나고 있다. 삶에 기준이 없다면 아무렇게나 살아갈 것이다. 불타 석가모니는 우리 삶이 나아가야 할 기준이며 지향점이다.

『불타 석가모니』 서문에서

사람 업이란 한꺼번에 녹아내리는 것이 아니다. 한번 깨달았다고 해서 수백 생을 익힌 버릇이 사라지지 않는다. 깨달음은 수행으로 완성된다. 설령 이치로는 알았다 해도 실제로 하지 못한다. 수행이란 '행(行)'이 그 근간이 되어야 한다. 역대 조사와 선지식들은 한결같이 깨달음과 함께 끝없는 수행으로 그 모범을 보인 까닭이 거기에 있다. … 바르게 알아야 바르게 행할 수 있으며, 바른 행을 거쳐서 사람은 거듭 형성되어 나간다.
그 가르침에 있어서 깊은 호소력과 진실성을 담고 있는 보조 스님『수심결』은 불교 수행자들만이 아니라 진리를 추구하는 모든 이들에게 중요한 지침서가 될 뿐 아니라 우리 불교가 탄생시킨 뛰어난 경전이다.

『수심결』 서문에서

　스승이 우리에게 부처님은 늘 "서 있을 때나 길을 갈 때나 앉아 있을 때나 누워서 잠들지 않는 한 자비심을 굳게 가지라."라고 말씀하셨다고 심어줬다. 한낱 경전에 쓰인 표현이라 받아들여 지나치지 말고 살아가면서 자비심을 거듭거듭 드러내야 한다는 뜻으로 수심결, 마음을 참답게 다지면 사랑 어린 마음이 저절로 솟는다. 모든 사랑은 산목숨 죽이지 않는 데서 비롯한다. 그래서 부처님은 "마치 어머니가 외둥이를 아끼듯이, 살아 있는 모든 것에게 한없이 사랑 어린 마음을 내라."라고 일깨웠다.

　스승은 당신이 사미계를 받고 스님으로 첫걸음을 내디딘 음력 7월 보름, 여름 안거 해제 날이면 한 해도 거르지 않고 예불 끝에 꼭 『초발심자경문』을 소리 내어 읊는다고 말씀했다. 그러나 첫 마음 잃지 않고 그대로 이어가기란 말처럼 쉽지 않다. 아무리 거룩한 뜻을 세웠더라도 얼마 가지 못하고 그만둔다면 덧없다. 처음 먹은 뜻을 꾸준히 이어가야 하기에 출가한 지 쉰 해가 넘은 스승이 여름 안거 해제 날이면 어김없이 『초발심자경문』을 읽는다고 우리를 흔드신 것이다.

국문과를 나와서 글 쓰시나요?

나는 오랫동안 자취 생활을 하면서 사람을 보는 눈을 내 나름 지니게 되었다. 부엌에 들어와 몸 놀리는 동작만 보고도 그가 음식을 제대로 만들 줄 아는 사람인지 엉터리인지 가릴 수 있다. 내 편견일지 모르지만, 과일을 잘 고르는 엄마라면 살림도 잘할 거라는 생각이 든다. 과일을 제대로 고를 줄 모르는 사람이라면 깎는 일도 시원찮을 것이고 그릇을 놓는 솜씨 또한 그럴 것 같다.

우리가 손님으로 갔을 때 주인이 과일을 깎아서 내오는 것보다는 통째로 가져와 깎는 것을 보는 일은 즐겁고 먹음직하다. 음식을 입으로만 먹는 것은 짐승스럽다. 그 빛깔과 모양을 눈으로 보면서 즐기기도 하고, 향기를 맡으면서 과일의 속뜰을 넘어다볼 줄 알아야 한다. … 과일을 제대로 고르려면 과일이 맺히기 전의 그 꽃향기까지도 맡아낼 수 있을 만큼 투명하고 섬세한 감각을 지녀야 한다. 이런 투명하고 섬세한 감각을 지닌 엄마 곁에 좋은 아기가 자랄 것이다.

『새들이 떠난 숲은 적막하다』 '과일을 잘 고르는 엄마'에서 나

눈 말씀이다. 살림살이해본 사람이면 안다. 부엌에서 몸놀림이 어설픈 사람은 요리할 줄 모르는 사람이라는 것을.

안다는 것은 머리로 헤아리는 것이 아니라 몸에 배는 것을 일컫는다. 죽임에 맞선 말인 살림 뿌리는 숨쉬기와 먹기이다. 숨이야 본능, 우리가 본디 가지고 있는 힘으로 쉰다고 해도 먹기는 만만치 않은 일이다. 하루 세끼를 챙겨 먹는 일이 보통 고되지 않다. 아침 먹고 치우고 돌아서서 점심상을 차려야 하고 설거지하고 숨 돌릴 겨를 없이 돌아서서 저녁 찬거리를 준비해야 한다. 어머니 하루 살림은 아이 챙겨서 학교 보내고 사이사이 청소하다 보면 하루해가 저문다. 그런데 밭일까지 하셨던 옛 어머니들은 얼마나 고되었을까.

번거로움에서 벗어나려고 우리 부부는 하루 한 끼만 먹기로 했다. 그렇게 하고 나니 아내가 참으로 한가롭다고 했다. 그러기를 열두 해 만에 끼니를 늘린 지 몇 달째다. 속이 거북해서 한의원에 갔더니 밥을 먹지 않더라도 끼니때마다 나오는 위산 때문에 그럴 수 있다고 했다. 아울러 몸에 힘이 떨어졌으니 잘 챙겨 먹으라고 했다. 끼니를 늘리면서 새삼 느낀 것인데, 부지런하지 않으면 끼니 찾아 먹고 살기 쉽지 않구나 싶었다. 오죽하면 스승도 "식사 대사가 생사 대사라니까." 하셨을까.

나도 서툰 솜씨로 파도 다듬고 국도 끓인다. 내가 부엌을 쓸 때는 국수나 수제비, 라면이나 떡국을 끓일 때다. 밥을 먹을 때는 아내가 상을 차리고 다른 음식을 먹을 때는 내가 상을 차리기로 했기 때문이다. 처음에 아내는 서툴기 그지없는, 솜씨랄 것도 없이 거친 내 손질을 볼 때마다 잔소리하더니 요즘에는 아예 멀찌막이 떨어져서 아는 척도 하지 않는다. 가까이서 보면 속만 터질 것이 뻔하기에.

성깔이 스승 못지않게 깔끔한 아내는 상을 차릴 때도 싱크대 위가 깨끗하다. 하나 하고 치우고, 또 하나 하고 치우기 때문이다. 그러나 나는 죄다 널브러뜨려놓고 해서 어수선하기 그지없다. 하는 나는 모르겠는데 보는 사람은 정신이 없을 만하다.

과일을 잘 고르는 엄마가 살림도 잘할 것이라는 말씀에 깊이 동감한다. 내가 장을 봐온 지 이십 해 남짓한 것 같은데, 내가 고르는 과일이며 채소는 아내 성에 차지 않는다. 요즘 들어 말이 없는 것은 마음에 들어서가 아니라 아무리 잔소리해도 어쩔 수 없다고 내려놔서다.

과일 깎는 솜씨도 형편없다. 아내가 깎아놓은 껍질은 똑 고르고 고운데, 내가 깎은 껍질은 울퉁불퉁하고 거칠다. 하여 요즘에는 아예 통째로 먹는다. 영양분이 껍질에 더 많다는 구실을 붙여서. 그런데 단순히 몇 조각으로 쪼개놓은 것조차 똑 고르지 못하다. 속뜰을 곱다라니 가꾸지 못한 탓이다.

과일 깎는 이야기를 하다 보니 스승이 남긴 우스갯소리에 과일 깎는 얘기가 있어 몇 마디 보탠다.

　불일암에 사실 때 찾아온 불일 권속들과 스님 한두 분이 어울리는 자리. 과일을 씻어 가지고 들어온 스승이 과반을 내려놓으면서 말을 꺼낸다.

　"여기 조각과 나온 분 안 계시는가? 조각과 출신 있으면 과일 좀 깎아요."

　"스님, 제가요. 비록 조각과는 나오지 않았지만, 과일은 좀 깎지요."

　"조각과를 나오지 않았어도 과일은 깎는군요."

　"스님은 국문과를 나와서 글을 쓰시나요?"

　이 말씀을 그저 우스갯소리로 흘려보내면 덧없다. 칼이나 글도 그렇지만 몸이나 마음은 제대로 쓰는 사람을 따른다. 겨우 머리로 헤아려서는 제대로 알 수 없다는 말씀이다.

　자격은 흔히 재물 자라고 알려진 '밑바탕 자(資)'와 '바로잡을 격(格)'으로 이루어진 낱말이다. 나는 이 바탕에서 내 자격을 누가 세워주는 것이 아니라 '살아가는 밑절미를 스스로 바로잡는 것'이라고 받아들인다.

　스스로 밑절미를 제대로 닦으려면 어떻게 해야 할까?

　몸과 마음을 거듭해서 옹글게 써야 몸과 마음에 길이 든다. 설핏 머리에 담긴 것은 참다운 앎이 아니다. 몸에 배어 길이 들어야 제대로 안다고 할 수 있다. 이토록 한결같이 살아갈 때 비로소 밑절미가 닦인다. 이를 '터무니'라고 부르는데 절집 어른들이 "이제껏 네가 보고 들은 것 말고 네 생각을 일러라!"라고 밀어붙이는 까닭이 여기에 있다.

겪은 터무니에서 비롯하는 말, 삶에서 터져 나오는 '몸말'이라야 참답다.

켜

죽음을 명상하다

해가 바뀌면 노인들은 한 살이 줄어들고 젊은이들은 한 살이 늘어납니다. 돌이켜 보십시오. 저마다 줄어드는 쪽인지, 늘어나는 쪽인지. 오늘 영가 길상화는 어느 쪽입니까. 줄어드는 쪽입니까? 늘어나는 쪽입니까? 해가 바뀌어도 그 나이가 줄어들지도 늘어나지도 않는 사람이 있습니다. 누구이겠습니까?

오늘 이 자리에 모인 불자들은 해가 바뀌더라도 나이가 줄어들거나 늘어나지 않는 사람이 되어야 합니다. 그러려면 제가 있는 그 자리 바로 지금 그 자리를 낱낱이 살피면서 늘 깨어 있어야 합니다.

우리가 이 세상에 태어난 건 마치 텅 빈 허공중에 문득 한 조각 구름이 일어난 것 같고, 죽음이란 그 한 조각 구름이 사라진 것과 같다고 했습니다. 그렇지만 구름은 실체가 없습니다.

우리가 나고 죽는 일 또한 이런 것입니다. 그러나 홀로 그 무엇이 있어서 늘 두렷하게 밝습니다. 그것은 지극히 고요하고 잠잠해서 나고 죽음이 따르지 않습니다. 죽음은 끝이 아니라 새로운 시작이라고 생각하십시오. 무량겁을 두고 되풀이해온 것이 이와 같은 중생 살림살이입니다. 잎이 지고 나면 그 자리에 반드시 새움이 돋아납니다. 이것이 우주 율동이고 생명 질서입니다.

오늘 49재를 맞이한 길상화 영가는 이 도리를 뚜렷이 아십시오. 이런 도리를 알게 되면 나고 죽는 일에 아랑곳하지 않게 될 것입니다. 마치 과일에 씨앗이 박혀 있듯 죽음 안에 새 삶이 있고, 살아 있는 그 속에 죽음이 들어 있더란 사실을 명심해야 합니다.

우리가 한 생애를 두고 사는 법을 바워가듯이 죽음도 배워야 합니다.

길상사를 보시한 길상화 보살 49재 영가 법문을 간추려 모셨다. 스승은 저 말씀 끝에 그 자리에 함께한 우리에게 "이게 남 일이 아니"라고 하시며 이 영가 법문에서 삶과 죽음이 지닌 뜻이 무엇인지 배워야 한다고 했다.

구름은 구름이 되기에 앞서 물이었다. 내나 강에서 흐르던 물이 햇볕을 받아 김이 되어 올라가거나 쌀에 붓고 밥하던 물이 김으로 바뀌어 날아 올라가 '구름'이 되었다. 구름이 많이 뭉쳐 무거워지면 땅으로 떨어지는데 '비'라고 한다. 그런데 이 빗방울이 땅에 떨어지고 나면 도로 '물'이라고 부른다.

탈 바꿔 쓴 물을 '김'이라 부르다가 '구름'이라 하고, 무게를 견디지 못하고 떨어지는 걸 '비'라 하다가 땅에 떨어지니 도로 '물'이라고 부르더니, 겨울이 되어 기온이 떨어져 꽁꽁 어니 '얼음'이라 한다. 그러다가 봄이 와서 날이 풀려 얼음이 녹은 걸 다시 '물'이라 부르듯이 사람이 죽고 사는 것도 그럴 뿐 나이를 먹고 말고 할 수 있는 것이 아니라는 말씀이다.

"바닷물결이 칠 때 튕겨 오른 물방울이 도로 바다로 떨어지면 죽었다고 해야 하느냐?"라며 되묻는 말씀도 마찬가지다. 모두 죽살이, 죽고 사는 일을 드러낸 말로 흐름이 있을 뿐 '삶과 죽음'이라고 할 만한 것이 없다는 말씀이다.

어떤 사람이 나이아가라폭포에 갔다. 같이 간 동무에게 "저게 나이아가라폭포야!"라고 손가락질하는 순간, 그곳을 지나던 물은 이미 거기에 없다. 우리는 무엇을 폭포라고 부르는가? 물을 가리키는가, 언덕을 가리키는가? 그저 이름이 나이아가라폭포일 뿐이다.

"같은 강물에 발을 두 번 적실 수 없다."라는 말을 남긴 헤라클레이토스는 "사람은 죽음을 살고 삶을 죽는다."라고 하면서 다음과 같이 말했다.

"죽는 것들은 죽지 않는 것이며, 죽지 않는 것은 죽는 것이다. 하나가 살아 있다는 것은 다른 것이 '죽음'을 가리키며, 또한 죽는 것은 다른 것이 '살아남'을 일컫는다."

이 나이 먹도록 이 목숨 하나 이어오는 데 얼마나 많은 목숨이 바쳐졌던가. 이 하나가 오늘까지 살아 있다는 것은 다른 것이 그만큼 죽어갔다는 뜻이다. 그래서 죽은 것들은 죽지 않은 것이라는 말이다. 그러니 여태 죽지 않은 이 몸은 죽은 목숨이 켜켜이 쌓여 이룬 것이니 죽은 것이나 다름없다. 살아 있는 것과 죽은 것, 깨어 있는 것과 잠들어 있는 것, 젊은 것과 늙은 것 모두가 이것이 탈바꿈한 저것이다. 흐르는 물이 흐르며 서로 자리를 바꾸지만, 그 흐름결은 거듭 이어지고 있으니 죽살이, 죽고 사는 것이 다르지 않다.

이런 말씀만 듣고 죽음을 두려워하지 않을 수 있다면 얼마나 좋을까? 죽음이 두려운 까닭이 어디 있을까? 죽음이 죽음이 아니라는 이야기를 아무리 나눠도 머리로 헤아릴 수 있을 뿐 죽어서 겪어보기 전에는 알 수 있는 것이 아니다. 둘레둘레 둘러봐도 죽었다 살아온 사람은 없기에 죽고 나서 어찌 되는지는 알 수 없다. 죽음이 뭔지 알 길이 없어 두렵다.

스승은 2003년 소설가 최인호와 만났을 때 이렇게 말씀했다.

"우리는 모두 언젠가는 죽는다는 사실을 받아들여야 하는 것처럼, 우리는 모두 고독할 수밖에 없다는 사실을 받아들여야 한다."

이와 아울러 "사람들은 때로 외로울 수 있어야" 하며, 나아가

“탐구하는 노력이 끝나면 사람은 그때부터 늙고 죽음이 시작된다.”라고 짚었다. 그러면서 “죽음을 받아들이고 난 사람은 기량이, 폭이 훨씬 커지고, 사물을 보는 눈도 훨씬 깊어진다.”라고 말씀했다.

그러나 이런 말씀을 아무리 들어도 사람은 반드시 죽는다는 얘기가 도무지 와닿지 않는다. 교통사고가 날 뻔했다든지 큰일을 겪고 나서야 비로소 ‘죽음이 그리 멀리 있지 않구나’ 하고 알아차린다. 그러나 그조차 그때뿐, 조금 지나면 또 까맣게 잊어버리고 만다.

미국 포크 가수 루던 웨인라이트 3세는 ‘지구에 마지막 남은 사람(Last Man on Earth)’에서 “우리는 함께 살아가며 홀로 죽는 법을 배운다.”라고 노래한다. 그렇게 홀로 죽는 법을 제대로 배울 수 있다면 덜 두려울지도 모른다.

살아가면서 늘 둘레에 사람이 있어도 우리는 외롭다고 느낄 때가 적지 않다. 그런데 죽음이라는 알지도 못하는 길을 혼자 갈 수밖에 없다니, 어찌 두렵지 않으리. 잠깐 뒤에 어떤 일이 벌어질지도 모르는데 죽은 다음 일을 어찌 알 수 있을까.

살아오면서 이리되면 어쩌지, 저리되면 어쩌지 하고 때로는 두려움에 떨며 걸음을 내디디지 못하고 머뭇거린 때가 많았다. 환갑을 넘긴 지도 여러 해가 지나 일흔을 앞두고 보니 생각했던 것만큼 두려워할 일이 생기지 않았다.

‘제대로 살아가기도 힘에 부쳐 허우적거리는데 죽음까지 떠올려야 할까?’ 싶은데, 스승은 죽음도 미리 배워둬야 한다고 말씀했다. 살아 있을 때 미리미리 어떻게 죽을 것인지 생각지 않고 있다가 갑작스레 죽음이 닥치면 몰아치는 두려움을 감당하기 어려울 수 있어서 그러셨을 테다.

> 살 만큼 살다가 명이 다해 가게 되면 병원에 실려 가지 않고 평소 살던 집에서 조용히 죽음을 맞이하는 것이 슬기로운 선택일 것이다. 이미 사그라지는 잿불 같은 목숨인데 약물을 주사하거나 산소호흡기를 들이대어 연명 의술에 의존하는 것은 당사자에게는 커다란 고통이 될 것이다.
> 사람에게는 저마다 고유한 삶이 있듯이 죽음도 그 사람다운 죽음을 고를 수 있도록 이웃들은 거들고 지켜보아야 한다. 그러려면 우리가 일찍부터 삶을 배우듯이 죽음도 미리 배워둬야 할 것이다. 언젠가는 우리 자신이 맞이해야 할 엄숙한 사실이기 때문이다.

누구나 갈 수밖에 없는 길이니 떠날 때 뜻대로 갈 수 있도록 미리미리 어떻게 죽을지 식구들과 뜻을 맞춰놓아야 한다는 말씀이다. 죽음은 비껴갈 수 없다. 진시황은 죽지 않고 살기를 바랐다지만 죽을 수도 없는 삶이란 끔찍할 것이다. 빛이 빛날 수 있는 건 어둠이 받쳐주기 때문이다. 죽음이 있어서 삶은 더없이 애틋하고 아까우며 아름답다.

늘그막에 아인슈타인은 죽음을 어떻게 생각하느냐는 물음에 "더는 모차르트를 들을 수 없는 것"이라고 했단다. 언제 죽을지 알 수 없는 죽음은 저승사자에게 맡기기로 하고, 스승이 즐겨 듣던 바흐 무반주 첼로 모음곡이나 누려야겠다.

아마존이 불타고 있다.

지구별에 사는 우리가 마시는 산소 20%를 샘솟게 하는 '허파' 브라질 아마존이 한 달 가까이 불타고 있다. 1분마다 축구장 하나 반이 불에 타서 사라지고 있다는 '불타는 아마존'이라는 말머리를 들고 명상에 든다.

뜻있는 사람들이 "아마존 생물 다양성을 이어가고 숲을 살리려고 지갑을 열겠다."라고 하고, G7 정상회의에서도 불을 끄는데 2천만 달러를 대주겠다고 나선다. 그런데 뜻밖에 자이르 보우소나루 브라질 대통령이 드세게 손사래 친다.

"거저 도와주는 걸 보셨습니까? 다른 나라가 왜 아마존에 눈독을 들이는 겁니까? 뭘 바랍니까?"

그렇게 주권 침해라고 되받았다.

그러나 브라질원주민협회(APIB) 소냐 과자자라 대표는 2019년 12월 6일, 50만 명이 참가한 기후비상행진에서 대통령을 비판했다. 그리고 국제사회가 관심을 기울여 달라고 하소연했다.

"여러분 도움이 절실합니다. 보우소나루 대통령이 저지르는 짓은 브라질만이 겪어야 하는 문제가 아니라 온 세계가 함께 겪어야 하는 문제입니다. 아마존은 불타고 있으며, 아마존을 지키려고 싸우는 이들은 모질게 죽임당하고 있습니다. 열대우림은 지난날보다 훨씬 더 위험에 빠졌습니다. 우리가 살 수 있는 별이 지구 말고 없듯이, 우리에겐 다른 길이 없습니다. 지난 500년 동안 거듭 이어온 이 싸움에 우리는 모두 싸움꾼입니다. 여러분 모두가 이 싸움에 없어서는 안 될 사람들입니다."

소 먹일 풀밭을 마련하려고 지른 이 불로 아마존 생태계 20%가 망가졌단다. 무너져 내리는 것은 세계에서 가장 큰 열대우림이자 커다란 허파만이 아니다. 지구온난화를 늦출 버팀목 가운데 하나인 아마존을 지키려고 몸부림치는 원주민 목숨과 보금자리도 모질게 짓밟고 있다. '환경 위기와 인권 위기'가 한꺼번에 몰아치고 있다는 얘기다.

2000년 인디언 부족 회의에서는 '미국에 주는 성명서'를 채택했다. 거기에 이런 구절이 있다.

"생명을 가진 모든 것들을 존중할 때만이 그대들은 성장할 수 있다. 어머니 대지를 사랑하고 존중하기를 기도드린다. 대지는 인간 생존의 원천이다. 이다음에 올 여행자들을 위해 이 대지를 더 괴롭히는 것을 막아야 한다. 물과 공기와 흙과 나무와 숲, 식물과 동물들을 보존하라. 한정된 자원을 함부로 쓰고 버려서는 안 된다. 보존을 최우선으로 삼아야

스승이 『아름다운 마무리』 '인디언의 지혜에 귀를 기울이자'
에서 길어 올리신 말씀이다.

우리는 태어나서 죽을 때까지 숨을 쉰다. 그러나 이토록 숨을
내쉬고 들이마셔서 우리 몸에 들어오는 것이 어떤 것인지 제대
로 짚어보려고 하는 사람이 드물다.

우리가 산소라고 부르는 숨은 푸나무에서 온다. 그런데 나무
는 우리에게 숨만 주는 것이 아니다. 스승께서 꼭 읽어보라고 하
신 책 『나무를 안아보았나요』를 쓴 조안 말루프는 나무가 내뿜
는 화학 분자는 코로만 들어가는 것이 아니다, 우리 허파 깊숙이
들어가기도 하고 어떤 분자들은 핏속으로 녹아 들어갈 수도 있
다, 우리가 숲을 거닐면서 향기로운 그 공기를 들이마실 때 나무
와 숲은 우리 몸을 이룬다고 말한다.

각이 차오른다. 후박나무, 태산목, 은행나무, 굴거리와 벽오동들이 마음껏 허공으로 뻗어가는 그 기상이 믿음직스럽다. 사람은 늙어가는데 나무들은 정정하게 자란다. 사람이 가고 난 뒤에도 이 나무들은 대지 위에 꿋꿋하게 서 있을 것이다. 내 마음을 전하려고 한 아름이 된 후박나무를 안아주었다.

스승이 『아름다운 마무리』 '자신에게 알맞은 땅을'에서 나눠준 말씀이다. 사람이 가고 난 뒤에도 꿋꿋이 서 있을 나무를 안으며 마음을 알렸다는 말씀에 뭉클했다.

사람들은 오래도록 나무늘보가 게을러터져 아무짝에도 쓸모없다고 손가락질해댔다. 참으로 나무늘보는 아무짝에도 쓸모없는 짐승일까? 대놓고 말하면 나무늘보는 우리보다 슬기롭다. 움직임이 없다고 할 만큼 느릿느릿 움직이는 것은 스스로 살길을 찾아 오래도록 몸부림친 끝에 나온 슬기로움이다.

나무 위에서 나뭇잎을 먹어야 살아갈 수 있는 나무늘보.

나무와 나무 사이를 오가다 보면 목숨앗이 눈길을 벗어나기 어렵다. 이렇게 가다가는 지구에서 사라질 수밖에 없을지도 모른다며 몸서리치던 나무늘보들은 이대로 대가 끊기게 내버려둘 수는 없다며 스스로 운명을 바꾸겠다고 나선다.

길은 두 가지. 하나는 번개처럼 빨리 움직여 목숨앗이 발톱에서 벗어나는 길이고, 다른 하나는 아즈 천천히 움직여서 움직임이 눈에 띄지 않는 길이다. 나무늘보는 느릿느릿 살아가는 길을 골랐다. 먼저 해야 할 일이 체온 낮추기였다. 사람을 비롯한 젖먹이동물류는 체온이 높은데 높은 체온을 이어가려면 많이 먹어야 한다. 많이 먹으려니 움직임이 많아질 수밖에 없고, 그러면 목숨앗이 표적이 된다.

나무 위에서 사는 원숭이 체온이 평균 38℃인 것으로 보아 나무늘보도 그에 가깝거나 적어도 사람 체온에 버금갔을 것이다. 그런데 나무늘보는 체온을 평균 32.7℃, 둘레 환경에 따라서는 24℃까지 낮춘다. 하루 나뭇잎 세 개만 먹으며, 똥은 일주일에 한 번 눈다. 덜 먹고 덜 쓰며 적은 것에 기꺼워하는 삶을 이뤘다.

어려움은 없었을까?

평균 체온이 36.5℃ 안팎인 사람은 체온이 1℃ 낮아지면 면역력이 30% 떨어진다. 아울러 추위를 느끼고 힘살이 긴장하며 핏줄이 오그라들어 피돌기가 제대로 이뤄지지 않아 숨쉬기에 어려움을 겪는다. 낮은 체온이 오래 이어지면 손이 떨리다가 급기야 걸음걸이가 흔들리고 가벼운 착란 증상도 나타난다. 저체온증이다.

인하대 생물공학과 교수를 지낸 김은기 박사는 이렇게 말한다.

"저체온증은 체온이 섭씨 35℃ 이하로 떨어지면서 일어난다. 체온이 27℃까지 떨어지면 염통이 불규칙하게 뛰어 결국 멎을 수밖에 없어 심장마비가 일어나고 5분 뒤부터 뇌세포는 산소가 모자라 죽어간다. 몸에 열이 나는 것도 문제지만 저체온이야말로 목숨과 바로 잇닿은 초응급 상황이다."

체온이 떨어지면 하릴없이 죽어갈 수밖에 없다는 얘기다. 나무늘보가 오랫동안 따뜻한 피를 가진 짐승과 같은 체온을 이어왔다고 볼 때, 체온 낮추기란 목숨을 건 모험이 아닐 수 없었을 테다.

나무늘보가 목숨앗이보다 더 빠르게 움직이려고 들었다면 어떤 일이 벌어졌을까?

체온을 끌어올려야 했을 테니 먹이를 더 많이 먹을 수밖에 없었을 것이다. 그랬다면 지구 목숨줄인 아마존 열대 숲이 사라졌을지도 모른다. 열대 숲이 사라지면 먹잇감이 사라진 나무늘보도 살아남을 수 없었을 것이다.

숨 가쁘게 부지런 떨며 어수선하게 사는 것을 내려놓고, 덜 먹어 숲을 덜 망가뜨리고 깊이 명상하며 삶을 한껏 누리는 슬기로운 나무늘보. 그대로 신선이 아닐까.

세상에서 가장 넘기 힘든 담이 '나'다. 더 자세히 말하면 '내 욕구', 그 가운데서도 먹고 싶은 욕구를 넘기 어렵다. 또 하나 남보다 나아 보이려고 하는 욕구가 있다. 나아 보이기를 한눈에 드러낼 수 있는 것이 남보다 빠르다는 것이다.

그것을 내려놓기도 어려운데, 그걸 내려놓으려고 죽을 고비

를 수없이 넘어야 한다면 그 길을 가려는 사람이 있을까? 여러
대에 걸쳐 그 일을 해낸 나무늘보가 다시 보이는 아침이다.

켜

를 수없이 넘어야 한다면 그 길을 가려는 사람이 있을까? 여러
대에 걸쳐 그 일을 해낸 나무늘보가 다시 보이는 아침이다.

셋째 마디 ─────────────

_______________ 틈

말로써 비난하는 버릇을 버려야
우리 안에서 사랑하는 힘이 자라고
지혜와 자비가 그 움을 틔운다.

휘둘리지 않을 마음 명상

틈

어느 해 겨울, 스승이 사는 오두막 가까이에 있는 개울과 폭포가 모두 얼어붙었다. 도끼로 개울에 얼어붙은 얼음을 깨고 물을 얻으려고 했으나 탱탱 얼어붙은 개울은 바닥이 보이도록 용을 써도 물을 얻지 못했다. 하는 수 없어 깨진 얼음을 가져다 불에 녹여 가까스로 쓸 물을 마련하면서 떠올린 마음 이야기이다.

달마 스님을 찾아온 혜가, 마음이 어지럽다며 어떻게 해야 좋겠느냐고 물었다. 달마는 그 마음을 내보이라고 하고는 아무리 찾아도 찾을 수 없다는 혜가에게 말한다.

"내 이미 네 마음이 놓이게 했다."

마음이 어디에 있느냐고 물으면 사람들은 흔히 가슴을 가리키고 학자들은 뇌에 있다고 한다. 뇌는 우리말로 골이다. '골 빈 놈'이라는 말은 뇌에 든 것이 없어 뭘 모른다는 말이다. 마음이 골에 있을까?

아이가 아프다고 대굴대굴 구를 때 어머니는 애끊어질 만큼 아프단다. 몹시 안타까운 일을 겪으면 애가 타고 속이 상하면 애끓는다고도 한다. 애, 뭘 가리키는 말일까? '애'는 '밸'이라고도 한다. '밸'은 배알을 줄인 말로 '배 알맹이'라는 말이다. 한자로는 '창자 장(腸)'으로 '마음'이라는 뜻도 있다. 배알 곧 속내가 창자에 있다는 말이다. 이 바탕에서 뱃심과 배짱이라는 말이 나왔다.

그러면 골에서 일어나는 마음은 참마음일까? 몸은 골이 오라면 오고 가라면 가며 끌려다니지 않는다. 몸은 마음을 일으키는 밑절미이며, 골은 몸에 뿌리를 두고 있다. 몸과 머리가 잘 이어져 있는 이가 튼튼한 사람이다. 그래서 목과 어깨가 가벼워야 몸과 머리가 잘 이어진다는 것을 놓쳐선 안 된다. 운동을 가르치는 이들이 목과 어깨에 힘을 빼야 한다고 줄기차게 얘기하는 까닭이다. 그래서 명상하는 이들에게 머리끝과 귀 끝에 헬륨이 가득 든 풍선이 달려 있고, 어깨에 소프트아이스크림이 녹아 흘러내린다고 여기라고 한다.

안타깝게도 요즘 사람들은 어깨에 힘이 잔뜩 들어가고 목이 뻣뻣해 머리와 몸이 따로 논다. 몸과 제대로 이어지지 못하면 어수룩하기 그지없는 골이 몸이 하는 얘기를 바로바로 알아듣지 못해 배가 불러 씩씩거리면서도 누가 쫓아올세라 꾸역꾸역 음식을 집어넣고, 몸이 버거워하는데도 개운하다면서 운동을 거듭한다. 머리만 앞세우다 보니 목이 허술해 몸이 겪는 느낌이 머리에 제대로 알려지지 않는 탓이다.

이런 줄도 모르고 마음을 다스린다며 명상하는 이들이 적지 않다. 보람 있을까? 있다. 그러나 밑바탕이 튼튼하지 않은 데서 올라오는 보람은 잠깐 반짝하고 이내 시들고 만다. 보람이 한결같이 이어지려면 어떻게 해야 할까? 돈을 잘 바루어 제대로 앉으려면 등마루가 제대로 서야 하는데, 그러려면 애가 튼튼해야 한다. 애가 튼튼해지려면 숨을 가슴으로 쉬지 말고 배로 쉬어야 한다.

살아 있는 목숨붙이는 누구나 숨을 쉬고 산다. 그러니 몸이 알아서 숨을 쉰다고 생각하여 숨쉬기를 배우려 들지 않는다. 그래도 될까? 아니다. 배로 숨을 쉬던 아이가 배와 가슴을 가르는 가로막이 자리 잡으면서 자연스럽게 가슴으로도 숨을 쉰다. 어른 대부분은 가슴과 배를 뚜렷이 가르지 않고 가슴과 배를 오가며 숨을 쉰다. 그러나 여성은 남성보다 배 힘살이 부드러워 주로 가슴으로 숨을 쉰다. 더구나 아이 밴 어머니는 배가 불러옴에 따라 가슴으로만 숨을 쉴 수밖에 없다. 그러나 마음을 가라앉히려면 배로 숨을 쉬어야 한다.

숨쉬기 명상은 처음에는 누워서 한다. 몸에 힘을 빼고 손바닥을 위쪽으로 하고 몸이 바다에 떠 있다고 생각하면서 배를 꺼뜨리며 안에 있는 숨을 입으로 내쉰다. 끝까지 내쉰 다음에 입을 다물면 절로 숨이 들어오면서 배가 부푼다. 날숨은 길고 들숨은 짧아야 좋다. 몸 안에 산소가 너무 많아도 밥을 지나치게 많이 먹은 것처럼 거북하기 때문이다.

누워 숨쉬기는 적어도 10분은 해야 한다. 이때 두껍지 않은 방석을 반으로 접어 등 날개뼈 아래에 있는 일곱 번째 등뼈 아래로 받치면 어깨 힘이 빠지면서 굽은 등도 바로잡을 수 있다. 이러고 나서 엉치뼈에 겉이 멍게처럼 우툴두툴한 공(없으면 야구공)을 받치고 누워 10분 숨쉬기를 이어간다. 꾸준히 하면 틀어진 몸이 바로 놓인다. 몸이 바로 놓이면 마음도 놓인다. 10분 뒤에는 공을 빼고 아랫배로 숨쉬기 명상을 이어간다. 앉아 숨쉬기나 서서 숨쉬기, 걸으며 숨쉬기도 크게 다를 바 없다.

앉아 명상하기는 방석 위에 엉덩이를 걸치고 다리는 방석 아래에서 겹치지 말고(결가부좌나 반가부좌를 하면 몸이 틀어진다.) 왼쪽과 오른쪽 균형을 맞춰 자연스럽게 풀어놓고 명상에 든다.

서서 명상할 때는 다리를 어깨너비만큼 벌리고 발과 발을 11자로 놓는다. 사람들은 서 있을 때 저도 모르게 팔을 어깨로 들고 있다. 그래서 어깨가 굳는 것이니 손과 팔을 툭 내려뜨려야 한다. 그리고 엄지발가락에 힘을 주고 발바닥에도 힘을 주면서 차차 발목, 정강이, 무릎, 허벅지로 힘을 올리며 허리를 쭉 뽑는다는 느낌으로 아랫배에 힘을 주고 등을 곧추세우고 배로 숨 쉬면서 명상에 든다.

걷기 명상은 서서 명상할 때와 같이 발을 11자로 하고 천천히 다리를 내디디는데, 걸음너비는 발길이 또는 발길이 한 폭 반만큼 떼어놓는다. 풀밭이나 흙길에서 걷기 명상을 할 때 맨발로 걸으면 신발을 신었을 때와는 달리 몸이 깨어나는 것을 느낄 수 있다.

어떤 명상을 하든 명상하기에 앞서 숨을 고르면서 손발을 비롯해 몸 곳곳 하나하나를 떠올리며 '그대가 있어 몸이 하나를 이루고 살 수 있으니 고맙습니다.'라고 하면 누워 잠자던 곳곳이 마음과 함께 깨어난다. 깨어난 몸과 마음이 골과 몸 사이를 제대로 이을 때 비로소 몸과 마음이 제자리를 찾는다.

제자리 찾은 몸은 언제까지나 탈 나지 않고, 마음은 흔들리지도 않을까? 아니다. 몸과 마음은 본디 갖춰져 있는 무엇이 아니라 흐름에 따라 모이고 흩어진다. 언뜻 보면 그대로 있는 것 같은 강이나 바다를 가까이 가서 보면 늘 출렁이듯이 마음도 마찬가지다. 그래서 사람들은 마음이 널뛴다며 이리저리 찾아다니며 마음 놓이게 해달라고 하소연한다. 달마 스님을 찾은 혜가도 마찬가지였다. 그대에게 달마 스님이 혜가에게 했던 대로 "내가 네 마음을 놓이게 했다."라고 하면 고맙다고 하겠는가? 아니다. 그대는 혜가가 아니기 때문이다. 혜가는 그 말에 마음을 놓았으나 그대는 놓지 못한다.

본디 출렁일 수밖에 없는 물결에 대고 멈추라고 하는 것은 억지이듯이 마음도 마찬가지다. 그래도 견딜 수 없는데 어떻게 하느냐고? 그럴 수 있다. 그래서 명상하면서 그 출렁임을 어쩌려고 하지 말고 그냥 바라보라고 하는 것이다. 출렁이는 마음자리를 덤덤히 바라볼 수 있으면 출렁이되 휘둘리지 않을 수 있다. 다시 말하거니와, 마음은 본디 출렁이고 흔들린다. 바다에 떠서 출렁이는 배에서 흔들리지 않겠다고 몸부림친다면 바보짓이다.

깨달음이나 화두에 얽매여 본래 청정, 본래 성불을 잊어서는 안 됩니다. 무슨 수행이든 즐겁게 해야 합니다. 고슴도치처럼 잔뜩 긴장하면 안 됩니다. 용맹정진도 해야 합니다만 용맹정진이라고 해서 기쁨이 따르지 않는다면 온전한 수행이 아닙니다. 하는 일 자체가 즐거워야 합니다. 무엇보다 마음이 편하고 안정되어야 합니다. 무엇에 쫓겨서는 안 됩니다.

'수본진심 제일정진'.

수행이 따로 있는 것이 아니라 본디 천진한 마음을 지키는 것이 으뜸 수행이라는 뜻입니다. 지킨다는 말에 속지 마십시오. 본래 청정한 마음을 써야 합니다. 지키고만 있으면 죽은 수행입니다. 기도하는 사람들은 입으로 관세음보살이나 지장보살을 힘껏 부르면서 제가 그런 보살이 될 줄은 모릅니다. 그분들은 역사 속에 있던 분들이 아닙니다. 누구나 관세음보살이 되고 지장보살이 될 수 있습니다. 입으로만 관세음보살을 부르지 말고 내가 관세음 화신이 되어 보십시오.

2004년 겨울 안거에 드는 법석에서 스승이 나눠주신 말씀이다. 명상하는 까닭이 물결을 멈추려는 데 있지 않다. '몹시 출렁이는구나, 흔들리는구나.' 하고 받아들여야 한다. 오래 배를 탄 사람은 뱃멀미하지 않는다. 그러나 처음 배를 탄 사람은 먹은 걸 다 게워내고도 모자라 헛구역질을 거듭한다. 바다에 뜬 배는 출렁일 수밖에 없음을 알고 나면 흔들리는 몸에 휘둘려 마음고생하지 않는다. 이때 비로소 마음이 놓인다. 마음이 놓여 휘둘리지 않을 때 삼매에 들었다고 한다.

말머리를 다시 배알로 돌린다. 흔들리되 휘둘리지 않으려면 기운이 위로 뜨지 않아야 한다. 우리 몸은 불기운은 아래로, 물기운은 위로 가야 튼튼하다. 그런데 골거리를 싸매고 생각을 거

듭하다 보면 거꾸로 불기운이 위로 뜨고 물기운이 아래로 내려
간다. 거듭 말머리를 곱씹다가 생각이 골(뇌)로 몰린 탓이다. 어
떻게 해야 할까? 생각을 머리에서 배로 끌어 내려야 한다. 배로
숨쉬기하라는 까닭이 바로 여기에 있다.

우리말에 배짱이라는 말과 뱃심이라는 말이 있다. 흔한 말이
었는데 머리를 앞세우고 가슴을 내세우면서 뱃심이나 배짱을
뭐든지 생각 없이 밀어붙이는 미련스러움으로 받아들이다가 급
기야 밥만 축내고 어쩐지 촌스럽다면서 밀쳐냈다. 뱃심은 본디
배에 있는 힘으로 부끄러워해야 할 것이 아니다. 촌스러움도 마
찬가지다.

세상은 부처님 손바닥이 아닌 촌사람 손바닥 위에서 논다. 대
통령도 장관도 국회의원도 기업가도 연예인도 노동자도 모두
촌사람에게서 뱃심을 얻는다. 사람은 누구나 논밭 갈아 가꾸고
거두어들인 것으로 배 채우며 살아가지 않는가. 촌스러움은 내
세울 살림살이지 부끄러움이 아니다. 짝짓기해서 아이 낳아 목
숨줄을 이어가는 것도 뱃심이요 배짱이다. 사전에서는 배짱이
'마음속으로 다져 먹은 생각' 또는 '굽히지 아니하고 버티어 나
가는 성품이나 태도'를 가리킨다. 이 뱃심, 이 배짱이 바로 흔들
리는 우리가 휘둘리지 않게 세우는 줏대잡이다.

본디 타고난 맑음, 본디 타고난 부처 결을 펼치려고 기도하
고 명상하고 수행한다. 부처 결을 가지고 태어난 우리는 모두

‘될성부른 떡잎’이다. 그러면 어째서 누구는 부처를 이루고 누구는 중생으로 남을까? ‘스스로 부처다움을 드러내고 말고’에서 갈린다.

내가 될성부른 나무라는 것을 굳게 믿고 땅을 디디고 힘차게 일어서라. 일어서다가 넘어지고 말았다고? ‘그게 뭐 어때서?’ 툭툭 털고 다시 일어나라.

싯다르타도 출가해 여섯 해 동안 넘어지고 일어서기를 되풀이했다. 고행이 깨달음에 이르는 하나밖에 없는 길이라는 얘기를 고분고분 따랐기 때문이다. 그동안 내가 모자라서 깨닫지 못한다고 가슴 치며 수없이 꾸짖었을지도 모른다. 여섯 해 만에 ‘아, 이렇게 해서는 죽을 때까지 깨닫지 못할 수도 있겠구나.’ 하는 생각이 일면서 ‘마음 놓으려고 하면서 몸을 괴롭히다니 말이 되지 않는다.’ 하고는 평화를 가져오겠다며 전쟁하는 것과 같은 바보짓이라는 깨달음이 왔을 테다.

겨울 안거에 드는 법석을 마치면서 스승은 “남이 이 말 하면 이리 기울고, 저 말 하면 저리 기울고, 멀쩡하던 사람이 말 한마디에 갑자기 화를 내기도 한다.”라고 하면서 『법구경』 말씀을 읊어주셨다.

마음이 번뇌에 물들지 않고
생각이 흔들리지 않으며

선과 악을 넘어서 흔들리지 않는 사람에게는

그 어떤 두려움도 없다.

　이어 경전을 읽을 때 부처님이나 조사들이 그렇게 말했다고 생각지 말고 제 마음에서 울려야 한다, 곧 내 이야기가 되어야 한다, 저마다 제소리를 내어야 한다고 일깨웠다.

　남이 하는 말에 휘둘리지 않고 제가 본디 맑은 부처라는 것을 알아 줏대를 세워 이웃을 아우르는 이가 바로 관세음보살이요 지장보살이다.

생각은 숨어 있는 말이요 말은 드러난 생각이다

생각은 숨어 있는 말이요
말은 드러난 생각이다.

스승 말씀을 엮은 『간다 봐라』(김영사/이경)에 나오는 말씀이다. 스승은 아끼는 이들에게 늘 글을 쓰라고 말씀했단다. 비릿한 말씀 하기를 싫어하는 스승이 누구에게 무엇을 부탁하는 일이 드문데, 여럿이 나눠봤으면 하는 좋은 글 원고 뭉치를 손수 출판사에 가져다주고 책을 묶으라고도 했다. 스물여섯 살에 스승을 처음 만나, 스승을 모시고 목욕탕에 갈 만큼 가까이 지냈던 여수에서 평생 나무 다루는 일을 해온 여수 나무꾼 위재춘 선생이 펴낸 『산다는 것은』(샘터)과 『자네 삶은 어떤가』(샘터), 법정 찻잔을 빚은 도예가 김기철 선생이 쓴 수필집 『꽃은 흙에서 핀다』(샘터)가 그것이다.

이 가운데 생각과 말을 얘기하는 말씀을 나눈다.

생각에는 세 가지가 있다
想 생각을 형상으로 만들어 이미지화하는 것

思　생각의 대상을 사랑하고 미워하는 선택 행위

舜　현재 이 순간에 대상의 본질을 꿰뚫어 직관하는 것

　　생각이 지혜로 바뀌는 길을 舜이라고 한다

　제목은 '생각 세 가지 형'으로 위재춘 선생이 읊은 『자네 삶은 어떤가』에 나오는 말씀이다. 슬기로워지려면 본바탕에 깊이 파고들어 꿰뚫어 볼 수 있어야 한다는 이야기다. 이어지는 것은 '화살과 말'이라는 시다.

　　숲에서 어떤 이가 화살을 쏘았다

　　늦가을 가시덤불 속에서

　　그 화살을 찾아냈다

　　무심히 어떤 이가 한마디 했다

　　세월이 물같이 지난 후

　　한 사람의 가슴속에 그 말이 박혀 있었다

　쏜 화살이 어디에 있는지 찾지 않더라도 한참 뒤에 어떤 사람 눈에 띌 수 있듯 무심코 말을 던진 사람은 까맣게 잊고 말더라도 그 말에 상처 입어 두고두고 앓는 사람이 있을 수 있다는 말씀이다. 내가 어떤 뜻을 품고 말을 했든지 듣는 이가 아파한다면 그 말은 화살이나 다름없다. 거꾸로 따뜻하게 보듬는 말이나 기

를 돋우는 말, 곱씹을수록 마음에 남는 말은 두고두고 힘이 된
다. 부처님이 말씀했다.

> 참사람들은 말씀한다. 옹글게 말씀한 것은 으뜸이라고. 이
> 것이 첫째이다. 옹근 흐름 결(법)을 말하고 옹근 흐름 결에
> 서 벗어난 것은 말하지 말라. 이것이 둘째이다. 할 말은 하
> 고 못 할 말은 하지 말라. 이것이 셋째이다. 참은 말하고 거
> 짓은 말하지 말라. 이것이 넷째이다.
>
> 숫타니파타 450

부처님은 누군가를 타이를 때도 이렇게 말씀하셨다.

틈

> 첫째, 얘기할 만한 때를 가려서 말하고, 알맞지 않을 때는
> 입을 열지 않는다.
> 둘째, 온 마음을 기울여 말하고 거짓되게 말하지 않는다.
> 셋째, 부드러운 말씨로 얘기하고 거친 말을 쓰지 않는다.
> 넷째, 뜻깊은 일만 이야기하고 쓸데없는 얘기는 하지 않
> 는다.
> 다섯째, 어진 마음으로 얘기하고 성난 마음으로 하지 않아
> 야 한다.

내가 글을 쓰게 된 까닭은 2006년 류시화 선생이 엮은 스승 잠언집 『살아 있는 것은 다 행복하라』를 선배에게 드렸는데, 그 선배가 "강원도 산골짜기에 홀로 사는 스님이 우리와 무슨 관계가 있다고 이분이 쓴 책을 자꾸 주느냐?"고 떠름하니 물었기 때문이다. 처음에 나는 '하도 사람들이 찾아들어 하는 수 없이 강원도 오두막으로 떠밀려 가서 그 연세에 홀로 자취하는 어른, 먼 거리를 손수 운전해서 서울 나들이를 마다하지 않으면서 우리를 일깨우는 어른인데 어떻게?' 싶어 말을 잇지 못했다.

그런데 돌이켜 보니 선배가 그렇게 말한 건 스승을 잘 알지 못하기 때문이었다. 그래서 '어떻게 하면 참다운 스승 모습을 알려줄 수 있을까?' 궁리 끝에 책을 써서 알리기로 뜻을 굳혔다. 그러나 쉰 살이 넘도록 일기조차 써본 적 없던 나로서는 어림없는 생각이었다. 그래도 그때부터 네 해를 넘기며 글쓰기를 해 『법정 스님 숨결』을 펴냈다. 참다운 스승 모습을 담아내기에는 모자라기 그지없었으나, 당시 길상사 주지 덕현 스님이 들고 간 글을 병상에서 몇 꼭지 읽어보신 스승은 애썼다고 말씀하셨다고 한다. 쓰기에 한 걸음 내디딘 턱없는 용기에 한 말씀 보태주셨을 것이다. 이와 같은 인연이 없었다면 글을 쓸 엄두조차 내지 못했을 테다.

글쓰기뿐만 아니라 불교도 남들처럼 절에 찾아가 스님 법문을 듣거나 불교대학을 다니지 않고 책으로 먼저 만났다. 스승이 풀어낸 『불교성전』(동국역경원)이 그 중심에 있었다. 머리말에 이런 말씀이 있다.

> 불타가 신앙이나 예배 대상이 아니라 길을 가리키는 길잡이였음을 상기할 때, 그분 목소리는 뿌리내리지 못하고 끝없이 방황하는 현대의 정신적인 유랑민들에게 영혼의 모음(母音)이 될 것이다.
> 불타의 불법정신은 인간의 자각에 있었다. 그러므로 들어서 이해할 수 없는 설법은 무의미하다. 어떻게 하면 보다 쉽고 바르게 지혜와 자비의 뜻을 전달할 것인가, 이것은 곧 불타의 설법정신과 직결된다. 그 많은 대장경 안에서 샅샅이 가려내어 한정된 지면에 옮기는 작업은 실로 산을 헐어 금을 캐기보다 더 어려운 일이었다. 그리고 불교용어에 익숙지 않은 일반 독자에게 저항 없이 읽혀야 한다는 것이 이 성전을 만든 우리들의 염원이다.

척 보아도 스승 말씀이라는 것을 어렵지 않게 알 수 있다. 스승은 의사가 환자 증상에 따라 처방을 내리듯이 듣는 사람에 알맞은 말을 해준 것이 부처님 설법 정신이다, 당신은 귀족 사회 말을 써왔으면서도 민중들이 흔히 쓰는 마가다 토박이말로 진리를 폈다는 것을 놓치지 말아야 한다고 말씀했다.

글쓰기는 생각을 체에 거르는 일이다.

말이나 스치는 생각은 바로 어디론가 날아가 버리지만,

글로 쓰다 보면 새로운 생각이 떠오른다.

글은 무엇보다 생각을 가다듬을 수 있다.

그래서 글쓰기는 나를 찾아가는 기도나 다름없다.

스승은 말을 잘하려면 생각을 벼려야 하고, 생각을 벼리려면 글을 써야 한다고 말씀했다.

말이라는 게 참 허망해.

내 뜻은 그게 아니었는데

듣는 사람마다 다 제 처지에서 헤아려 듣거든.

또 말을 하다 보면 어느새 삼천포로 빠지기 쉽고.

그래서 나는 말하는 게 별로야.

그렇지만 글은 달라요.

글을 쓰노라면 생각이 가다듬어지고

틀림없는 목소리를 낼 수 있거든.

그러니까 글은 200프로라도 책임지겠지만

말은 책임 못 져.

맑고 향기롭게 사무국장을 지낸 김자경 씨가 해준 말씀이다.

이 말씀을 한 어른답게 스승은 길상사에서 법문하실 때마다 가다듬은 생각을 담은 원고지를 들고 오셨을 만큼 생각을 제대로 가다듬으려면, 글쓰기라는 체에 생각 걸러내기를 쉬지 않아야 하는 까닭을 몸소 보여주셨다. 나는 이 바탕에서 글을 쓰면서 내 얼결을 다듬어왔으며, 강연할 때 빼곡한 원고 뭉치를 들고 나가야 마음이 놓인다.

틈

낡은 말을 벗고 새 말을 입으려면

스승이 '미리 쓰는 유서' 맨 끝에 적바림해 놓은 말씀이다. 사람들은 입 모아 스승은 내놓은 말씀과 삶이 어긋남 없었다고 말한다. 그러니 "내생에도 다시 한반도에 태어나고 싶다."라고 한 말씀이 빈말은 아닐 테다.

그런데 스승이 이 나라 이 땅에 다시 오셔서 말을 배운다면 전처럼 결 고운 우리말을 배우기는 쉽지 않을 것이다. 이리 찢기고 저리 차이는 게 우리말이다.

아니면 지금 우리 귀에 익은 우리말을 쓰실까?

… 이 새로운 계절 앞에서 그만

낡은 옷을 벗어 던지고

새 옷으로 갈아입지 않으려는가?

알려지지 않은 스승 글(1960~1970년대)을 묶은 책 『낡은 옷을 벗어라』에 나오는 '낡은 옷을 벗어라' 꼭지를 마치는 글이다.

"만약 오늘 이 땅에 부처님이 출현해서 말씀하신다면 어떠한 말씀을 어떻게 하실까?"라는 말씀에 소스라쳤다. 내가 들고 있는 말머리가 "부처님이 우리나라 사람이라면 어떻게 말씀하셨을까?"이기 때문이다. 스승은 이 꼭지를 열면서 '한글'과 '우리말'이 다르다고 콕 짚는다.

새로 나올 경전의 명칭을 『한글대장경』이라고 하기로 거의 결정된 모양이다. 이것을 두고 역경원 측에서는 신중을 기해 많은 시간을 들여 널리 묻고 생각한 것을 알고 있다. 진리 앞에서 겸손이란 일종의 악이라는 의지를 가지고 여기서 다시 한번 말해야겠다.

'한글'이란 우리나라 글자의 이름에 지나지 않는다. 로마 글자를 '알파벳'이라 하고 일본에서 쓰는 글자를 '가나'라고 하듯이. 그러므로 '한글대장경'이라는 말은 마치 '가나

대장경', '알파벳대장경'이란 말처럼 당치도 않은 웃음거리다. 우리말로 번역한 세익스피어 전집을 두고 '한글 세익스피어 전집'이란 말을 과문한 탓인지 몰라도 아직 들어보지 못했다.

'한글불교사전'이란 책 광고도 역시 들어보지 못했다. 그래서 나는 일찍이 우리말로 옮겨진 대장경이기 때문에 그냥 '대장경'이라고만 하자고 했다. 밋밋한 맨머리가 좀 안 되어 삿갓 같은 거라도 굳이 필요하다면 '우리말대장경'이라고 하자고 했다. 그런데 이것을 외국말로 번역할 때는 곤란하지 않으냐고 한다는 말을 들었는데, 어떻게 외국인을 표준해서 이름을 지을 것인가? 이를테면 '똘똘이'라는 이름을 외국인을 위해서 '존슨'이나 '카스트로'라고 하자는 말인가? 다시 한번 고려해볼 일이다. 이름이 잘못된다는 것은 내용 못지않게 치명적인 실수일 테니까.

날카로운 말씀이 아닐 수 없다. 역경원에서 많은 시간을 들여 널리 물었다 해도 진리 앞에서 겸손이란 악 가운데 하나라는 뜻으로 여겨 다시 한번 말해야겠다고 하신 것으로 보아, 스승이 대장경 이름을 무엇으로 달아야 할지 뜻을 모으는 자리에서 그래서는 안 된다고 드세게 짚고 나섰으나 뜻을 이루지 못하신 것 같다.

검색해보니 『한글대장경』이라고 이름 붙은 경전이 여러 개
뜬다. 이를 보고 알 만한 이들은 불교계에 사람이 없다고 받아들
였을 것이다. 안타까운 일이다. 가운데 서서 번역을 아우르셨을
스승은 남달리 안타까움이 깊었을 것이다.

여태도 한글과 우리말 그러니까 한국말이 다르다는 것을 제
대로 헤아리는 사람이 드물다. “I love you.”를 한글로 적으면
“아이 러브 유.”다. 우리 겨레말, 배달말로 옮기려면 “사랑해.”
라고 해야 한다. ‘木’을 ‘목’이라고 하면 한글로 적은 것이고 ‘나
무’라고 해야 우리말이다. ‘道伴’을 ‘도반’이라고 하면 한글로
쓴 것이고, ‘길동무’ 또는 ‘길벗’이라고 해야 우리말이라는 말씀
이다.

내가 군법회를 하면서 이따금 군인들과 함께 노래하던 발원
문이 있다.

온갖법문 다배워서 모두통달 하옵거든

……

모진질병 돌적에는 약풀되어 치료하고

흉년드는 세상에는 쌀이되어 구제하되

여러중생 이익한일 한가진들 빼오리까

발원문 가운데 나를 뭉클하게 만든 글월이다. 뜻은 말할 것도

없이 운율이 딱딱 맞도록 네 글자로 묶었으니 그대로 예술이다. 발원문을 우리말로 하면 굳게 마음을 다지는 '다짐글'이다. 약초라고 하기 쉬운데 그렇게 하지 않고 약풀이라고 풀어쓴 데서 풀어쓴 어른 정성이 보인다. 모진 병이 돌면 약풀이 되어 고쳐주고, 농사를 망치면 쌀이 되어 살리겠다니 흘려들을 말씀이 아니다. 이 말씀을 곱씹어본 뒤론 풀 한 포기, 쌀 한 톨이 예사롭지 않아 보인다.

동국역경원 초대원장을 지낸 운허 스님이 저토록 풀어내셨다고 한다. 본글(원작)을 넘어서는 풀이라면서 운허 스님 작품이라고 해야 한다고 하는 이가 많단다. 말씀드리기 무척 조심스러우나, 스승이 동국역경원을 세우기 전부터 운허 스님과 함께 우리말로 푸는 일을 도맡아 하고, 역경원을 세울 때 우리말 풀이를 할 수 있는 스님들을 뽑았다는 것으로 보아 저 다짐글을 풀 때 함께하셨다고 봐야 하지 않을까.

저렇게 풀지 않고 한자를 한글로만 옮겨 적었다면 어땠을까?

수학일체법문 실개통달

……

질열세이현위약초 구료침아

기근시이화작도량 제제빈뇌

우리 말결이 살아나야 마음 결이 살아난다.

거룩한 부처님께 귀의합니다.
거룩한 가르침에 귀의합니다.
거룩한 스님들께 귀의합니다.

절집에서 흔히 부르는 이 삼귀의는 최영철 선생이 풀어쓴 말씀에 곡을 붙인 것이다. 그러나 스승은 이렇게 풀어냈다.

지극한 마음으로 거룩한 부처님께 귀의합니다.
지극한 마음으로 위없는 가르침에 귀의합니다.
지극한 마음으로 청정한 승가에 귀의합니다.

나는 여기서 '위없는 가르침'이라는 말씀이 가장 깊이 와닿았다. 스승이 풀어낸 삼귀의를 우리말로 더 풀어내고 싶어 다음과 같이 풀었다.

무릎 꿇어 온 마음으로 거룩한 부처님 품에 들어섭니다.
무릎 꿇어 온 마음으로 위없는 가르침 품에 들어섭니다.
무릎 꿇어 온 마음으로 맑디맑은 승가 품에 들어섭니다.

이 글 한 꼭지를 다듬으면서 사전을 들췄다 놓기를 십여 번 넘게 했다. 하물며 번역에 있어서랴. 본디 글을 쓴 이가 어떤 뜻에서 이 말을 했는지는 알 수 없으나, 앞뒤 줄기를 훑으면서 그 이가 말한 뜻을 거듭 헤아리지 않을 수 없었을 테다.

낡은 옷을 벗고 새 옷을 입으려면 어떻게 해야 할까? 어떤 것이 어떻게 낡았는지 볼 수 있는 눈이 있어야 한다.

가장 낡은 것은 무엇일까? 억누름과 짓밟음이다.

그토록 막아섰는데도 불경 이름을 『한글대장경』이라 한 까닭이 바로 억누르고 짓밟음에서 온 것이다. 나는 억누르고 짓밟는 어리석음이 가장 낡았다고 생각한다. '어리석다'란 말을 '얼이 삭다', 나아가 '얼이 썩다'라고 받아들이기 때문이다. 깨달음은 슬기로움이고, 슬기로움은 어리석음에서 벗어나는 일이다.

어리석고 슬기로움은

많이 배우고 말고에 갈리지 않고

생각을 깊이 하여 살림살이에 닿느냐 마느냐에서 갈린다.

선정(명상)에 드는 까닭은

깊이 까닭을 살펴 짚으려는 데 있다.

낡은 말을 새 말로 바꾸려면 어떻게 해야 할지 이리 짚고 저리 따지며 생각하다가 떠오른 말씀이다.

침묵이 받쳐주지 않는 말은 소음

술과 말은 익어야 한다.
술은 숙성기간이 지나야 좋은 술이 도고
말은 침묵이라는 숙성기간을 거쳐야
향기로운 말이 된다.

제목이 '술과 말'인 이 글은 법정 스님이 몸소 출판사에 원고
를 가져가서 세상에 나온 『자네 삶은 어떤가』에 나오는 말씀이
다. 말을 침묵에서 익힌다는 이 말씀을 보며 서예나 한국화에서
여백, 붓이 가지 않는 빈 데가 주는 아름다움을 떠올렸다.

말은 한 사람 입에서 나오지만,
천 사람 만 사람 귀로 들어간다.
그래서 발 없는 말이 천 리 간다고 하지 않는가.
신앙생활을 하는 사람은
누구누구 할 것 없이 말수가 적어야 한다.
생각대로 불쑥불쑥 나오려는 말을
안으로 꿀꺽꿀꺽 삭일 줄 알아야 한다.

『텅 빈 충만』'불란서 여배우'라는 꼭지에 나오는 말씀이다. 나처럼 나서기를 좋아하는 사람이 깊이 새겨야 할 말씀이 아닐 수 없다.

처음엔 이 말을 하면 네게 좋을 것이라는 생각에서 조심조심 말을 꺼낸다. 그러나 말을 하다 보면 말이 고삐 풀린 망아지 널 뛰듯 하면서 다른 사람 허물을 꼬집을 때가 적지 않다.

스승은 나오려는 말을 삭일 줄 알아야 슬기로워질 수 있다, 남을 비난하는 것은 지난날 잣대로 오늘을 재려고 드는 것이라고 말씀하면서 이렇게 덧붙였다.

그 사람 내면에서

무슨 일이 일어나는지 아무도 모른다.

사람은 강물처럼 흐른다.

날마다 똑같은 사람이 아니다.

그러므로 함부로 심판할 수 없다.

우리가 어떤 판단을 내렸을 때

그는 이미 딴사람이 되어 있을 수도 있다.

말로써 비난하는 버릇을 버려야

우리 안에서 사랑하는 힘이 자란다.

지혜와 자비가 그 움을 틔운다.

절에 가면 삼합이라고 쓴 표지가 큰방에 붙어 있는데,

입을 세 번 꿰매라는 뜻이다.

말을 삼가라는 교훈이다.

그래야 쓸데없는 헛소리를 덜 하게 되고

안으로 말이 여물게 된다.

그래서 절집에서는 묵언 수행을 한다. 묵언이란 '말하지 않는 것'이다. 2박 3일에서 4박 5일 짧은 기간 출가하는 재가자들이 하는 묵언 수행은 길어봤자 며칠이지단, 스님들은 석 달 안거 내내 묵언을 하기도 한다. 묵언 수행을 하는 까닭은 입을 다물고 귀를 여는 데 있다.

스승은 "침묵을 배경 삼지 않는 말든 소음이나 다를 바 없다."라고도 말씀했다. 말에 쉼표가 있는 까닭이다. 입을 다물 사이가 없으면 생각이 고일 겨를이 없고, 생각이 받쳐주기도 전에 튀어나온 말은 쓸모 있는 말이 별로 없다.

입을 다물어야 한다고 하다 보니 삼일 혁명 100주년을 맞아 나라 곳곳을 걷던 은빛순례단 다짐글이 떠올랐다. 억눌림에서 벗어나 빛을 찾았다는 광복 역사는 분단 역사와 나란히 간다. 우리는 제대로 된 독립, 따로 서기와 제대로 제빛을 드러낸 적이 없다고 뉘우치는 예순 살 넘은 사람들이, 한반도 평화 만들기란 깃발을 들고 걸으면서 거듭한 다짐이 '귀는 열고 입은 닫겠다.'라는 뜻이었다.

해방을 맞은 우리는 품은 뜻과는 달리 남북으로 나뉘어 어리석은 이념 갈등에 휩싸여 서로 원수로 여겨왔습니다. 그런 가운데서도 온 국민이 흘린 피와 땀에 힘입어 경제발전을 이루고 민주주의를 이뤄냈다고 기뻐했습니다. 그러나 속내를 들춰보면 오순도순 살지 못하고 집단과 개인 이기주의에 빠져, 내 편 네 편으로 나뉘어 내 것만 챙기느라 '우리'를 조각조각 흩어놓았습니다. 빈부격차와 지역갈등 골이 깊어졌습니다.

돌이켜 보면 우리는 입만 있고 귀가 없었습니다. 이제 귀는 열고 입은 닫으려고 합니다. … 보수와 진보가 섶을 풀고 마주 앉아 네 옳음을 받아들여 서로 살리도록 애쓰겠습니다. 비판과 반대보다 새로운 결을 내놓도록 힘쓰겠습니다. … 걷고 또 걷고 듣고 또 들으면서, 나라 살리려고 하나 됐던 삼일정신을 되살리겠습니다.

이 글을 우리말로 벼려낸 것은 나였지만, 여러 어른 뜻을 모아 빚어 더욱 뜻이 깊다. 귀담아듣기란 마음을 기울여 참답게 듣는 것을 가리킨다. 말을 줄여 생각이 고인 바탕에서 빚은 말씀만이 마음을 흔들 수 있다.

참다운 말결은 그대로 정성

문명인들은 뭐든지 글로 적으며, 그래서 늘 종이를 갖고 다
닌다. 오래 기억하려고 그렇게 하는 것도 아니다. 워싱턴에
는 그이들이 우리 인디언들에게 했던 다짐을 적바림한 서
류가 산더미처럼 쌓여 있지만, 그 사람들 가운데 누구 하
나 그걸 기억하려고 하지 않는다. 인디언은 종이에 적지 않
는다. 참다운 말은 그이 가슴에 깊이 스며들어 영원히 기억
된다. 인디언은 결코 그것을 잊어버리는 일이 없다. 그러나
문명인들은 일단 서류를 잃어버렸다 하면 아무 일도 하지
못한다.

오글라라 수우족 추장 '네 자루 총'이 백인과 인디언 삶이 어
떻게 다른가를 이야기했다. 네즈 페르세족 추장 '고산지대로 달
려가는 천둥'도 이렇게 말했다.

참답지 않은 '좋게 꾸민 말'은 오래가지 못하는 법이다. 꾸
민 말이 죽은 사람을 살려내지 못한다. 문명인들은 말만 늘
어놓고 아름다운 말에 매혹되기만 할 뿐 그대로 살지 않는

다. 아무런 결과도 없는 '말뿐인 말들'에 나는 지쳤다. 그
듣기 좋은 말들과 지켜지지 않는 다짐을 생각할 때마다 내
가슴에는 찬 바람이 분다. 세상에는 말할 자격이 없는 사람
들이 너무도 많은 말을 떠들어대고 있다.

인디언들이 이런 말을 한 까닭은 백인들이 번번이 속였기 때
문이다. 다짐이 어그러지고 난 뒤로 인디언들은 유럽 사람들이
콩으로 메주를 쑨다고 해도 믿기 어려웠을 것이다.

사람들은 어떻게 하면 말을 잘할 수 있을까를 늘 고민한다.
말을 잘한다는 것은 알맹이를 이루는 뜻이 좋고, 그 뜻을 믿을
수 있을 때 하는 말이다. 그런데 사람들은 흔히 말이 지닌 무게
를 알맹이에 두기보다는 기술에 힘을 싣는다.

말이 비단결처럼 매끄럽다고 해도 알맹이가 없다면 어떨까?
가도 가도 끝이 없는 사막에서 오아시스가 보여 한달음에 달려
가 보니 아무것도 없는 신기루가 헛되듯이, 들을 때 달콤하지만
돌아서 짚어보면 무슨 말을 했는지 남는 게 없다면 말에 놀아나
고 만 셈이다.

믿음이란 말한 사람이 말한 뜻이 그대로 이루어질 때 비로
소 일어나는 것으로 미리 알 수 없다. 신뢰라는 말은 '믿을 신'과
'힘입을 뢰'가 모여 이룬 낱말로 사람 말을 믿으면 이에 힘입어
좋아진다는 말이다.

그런데 현대를 사는 문명인들이 하는 말도 믿기 어렵기는 마찬가지다. 뭐든지 먼저 찔러 대보고 아니면 말고 식이다. 사정이 이러하다 보니 '팩트 체크'라고 해서 어떤 말이 사실인지를 가려 짚는 꼭지가 여럿 나와 있다. 그런데도 사람들은 무슨 얘기를 믿어야 할지 몰라 갈피를 잡지 못한다.

스승을 가까이서 겪은 이들은 입 모아 말한다. '언행일치', '필행일치'를 하고 간 분이라고. 말씀한 대로 글에 쓴 대로 살다 가셨다는 이야기다. 이계진 선생 같은 분은 '언행근치'라고 한다. 당신이 보기에 스승은 말씀한 대로 살다 가신 것이 틀림없으나 스승을 늘 따라다니며 보지는 않았으니 잘라 말하기 조심스럽다는 이야기다.

스승을 가까이서 모시는 이들은 말씀 하나 움직임 하나가 이토록 조심스럽다. 이계진 선생은 농부가 이듬해 봄에 모낼 볍씨를 가릴 때 옹근 것만 골라 담듯 말을 잘 가리고 벼려서 하는 분이다.

선생이 2019년 월간 『금강』 11·12월호에서 『부처님의 밥맛』이라는 책을 새김질하여 읽어주는 것을 봤다. 그런데 이 책과 헤밍웨이가 쓴 『노인과 바다』를 꺼내 들고 편집부에다가 알아서 고르라며 넘겼다. 『부처님의 밥맛』이 KBS 아나운서 선배 이규항 선생이 공들여 펴낸 작품이기 때문이다.

나 같았으면 『노인과 바다』가 아무리 무상을 그린 작품일지라도 줄거리를 뻔히 아니 미뤄두고, 『부처님의 밥맛』은 부처님이 깨달은 중도를 숫자 '0'과 밥맛에 견줘 조곤조곤 풀어내는 새 작품이니 깊이 생각지 않고 『부처님의 밥맛』을 다뤘을 것이다. 그런데 당신이 작가와 가깝다며 편집부에 고르라고 넘기다니 놀랍다. 다행히 편집부가 『부처님의 밥맛』을 골라준 덕분에 부처님이 누렸던 맨밥, 맹물이 지닌 맛을 한껏 누릴 수 있었다.

우리 어머니들은 장독대에 맹물 한 그릇 떠 올리며 바깥식구들이 탈 없이 돌아오기를 빌고, 부뚜막에 맹물 한 그릇이나 맨밥 한 그릇을 올려놓고 뒤주에 쌀 떨어지는 일이 없도록 빌었다. 또 혼인하는 가시버시도 맹물을 앞에 놓고 검은 머리가 파뿌리 되도록 아끼며 살겠다고 다짐했다. 맨밥이 벌거벗은 참밥이요, 맹물은 감추고 가릴 것 없이 고스란히 드러낸 참물이기 때문이다. 생각을 벼린 끝에 나온 도타운 말투, 참다운 말결은 그대로 정성이다.

사람은 책을 만들고

2007년 환경재단은 '세상을 밝게 만든 사람 100인'에 사람이 아닌 '물건'을 올렸다. 내로라하는 사람들 사이에 어깨를 나란히 한 것은 '광화문 글판'이다. 2008년에는 한글문화연대가 '우리말 사랑꾼'으로 뽑기도 했다.

글귀는 힘든 사람들 등을 두드려주는 얼거리가 많았다. 외환위기로 사람들이 어깻죽지를 늘어뜨리고 있을 때는 일부러 고은 시인한테 써달라고 해서 받은 글이 걸렸다.

> 모여서 숲이 된다
> 나무 하나하나 죽이지 않고 숲이 된다
> 그 숲의 시절로 우리는 간다

세월호 참사를 겪은 바로 다음 달에는 정호승 시 '풍경 달다'를 내걸었다.

> 먼 데서 바람 불어와 풍경 소리 들리면
> 보고 싶은 내 마음이 찾아간 줄 알아라

2025년 9월 1일에는 최승자 시인이 빚은 시 '20년 후에, 지에게'에서 가려 뽑은 글이 내걸렸다.

이상하지,

살아 있다는 건,

참 아슬아슬하게 아름다운 일이란다

12·3 불법 비상계엄으로 여러 달에 걸쳐 맞닥뜨린 민주주의 위기, 팔을 걷어붙이고 나선 시민들이 있어 아슬아슬하게 어려움에서 벗어났기에 저 말씀이 곱씹을수록 깊이 와닿는다.

1991년부터 이제까지 오래도록 하루하루 도시에서 가까스로 버티는 우리 가슴을 적셔주고 있는 광화문 글판은 이력서 학력란에 늘 '學力'이라고 적은 초등학교도 나오지 못한 남자가 내놓은 뜻이란다. 어려서 병치레하기 바빠 비록 초등학교 문턱도 밟아보지 못했으나 어마어마하게 많은 책을 읽어 밑절미를 튼튼하게 만든 사람, 바로 교보문고를 세운 신영호 선생이다.

신영호 선생은 "사람은 책을 만들고, 책은 사람을 만든다."라는 신념 하나로 많은 반대를 무릅쓰고 종로 1가 1번지 금싸라기 땅에 책방을 세운다. 그리고 이런 말을 남겼다.

이 사통팔달, 한국 제일의 목에 방황하는 청소년을 위한 멍석을 깔아줍시다. 와서 사람과 만나고, 책과 만나고, 지혜와 만나고, 희망과 만나게 합시다. 이곳에 와서 책을, 서서 보려면 서서 보고, 기대서 보려면 기대서 보고, 앉아서 보려면 앉아서 보고, 베껴 가려면 베껴 가고, 반나절 보고 가려면 반나절 보고, 온종일 보고 싶으면 온종일 보고, 그리고 다시 제자리에 꽂아놓고 사지 않아도 되고, 사고 싶으면 사 들고 가도 좋습니다.

태어나면서부터 온갖 병치레라는 병치레는 다 해봤던 나는 그래도 신용호 선생보다는 낫다. 초등학교는 마쳤으니…….

그런 내가 다른 사람들과 어울려 얘기하면서 그리 크게 밀리지 않은 밑바탕에 책 읽기가 있었다. 글을 쓸 수 있는 바탕도 책 읽기에서 비롯했다. 스승 책을 읽지 않았더라면 스승이 빚은 길상사에 갔을 리 없고, 가지 않았더라면 책 쓸 엄두도 내지 못했을 것이다. 신용호 선생이 지닌 신념이 내게는 뒤집어야 어울린다. "책은 사람을 만들고, 사람은 책을 만든다."라고.

이번에 스승 말씀을 되새기면서 새삼 놀랐다. 내가 아무 생각 없이 쓰던 말씀 씨앗이 스승이 남긴 말씀 안에 고스란했기 때문이다. 향을 쌌던 종이에서는 향이 떠나고 난 뒤에도 오래도록 향내가 난다고 했던가. 말씀 말씀에 물들어 저도 모르는 새에 드러나고 있다니 놀랍다.

지난 초봄, 볼일이 있어 남쪽에 내려갔다가 저잣거리에서 우연히 아는 스님을 보았다. 만난 것이 아니라 본 것이다. 이 스님은 내가 불일암 시절부터 가까이 지낸 사이인데 몇 해 전 길상사를 거쳐 간 뒤로는 그 거처도, 소식도 전혀 들을 수 없었다. 내 마음 한구석에는 그 스님의 맑은 모습이 꽃향기처럼 지금도 남아 있다.

나는 남의 차에 탄 채 지나가는 길이고, 그 스님은 길가에서 걸망을 메고 누군가를 기다리는 모습이었다. 순간 반가워서 차를 멈추게 했다가 내리지 않고 그대로 지나쳤다. 제 거처를 알리지 않고 호젓하게 지내고자 하는 수행자를 불쑥 만나는 것은 아무래도 폐가 될 것 같아서였다.

『아름다운 마무리』 '책다운 책' 첫머리에 나오는 스승 말씀이다. 부담을 지우지 않으려는 마음 씀이 다가오는 말씀이다. 알 수 없는 일이지만, 나는 이 스님이 황선 스님이 아닐까 한다. 송광사에서 산문 밖에 나가지 않는 천일기도를 두 차례나 치르고 길상사에 와 살면서 꽃밭을 힘껏 가꾸던 황선 스님.

황선 스님이 길상사에 사실 때 두 번 찾아갔다. 한 번은 스님이 불러서였고, 한 번은 내가 찾아뵙겠다고 했다. 처음 찾아갔을 때는 여름날이었는데 아무것도 없이 말끔한 방에 물이 담긴 커다랗고 하얀 도자기에 떠 있는 꽃 세 송이가 반겼다. 가을에 갔을 때는 곱다라니 물든 단풍 일곱 잎이 방바닥에 누워 반겼다.

길상사 2대 주지인 지관 스님이 떠나고 나서 스승은 황선 스님에게 주지를 맡아달라고 했다. 거듭 손사래 치던 황선 스님은 "대중 법문만은 하지 않겠다."라며 주지를 맡았다. 부처님 뜻을 오롯이 알리려면 한 사람 한 사람 마주 앉아 놓인 처지에 따라 말씀을 나눠야 한다는 생각에서였다.

황선 스님과 마주 앉은 자리 한 번에 하나씩 얻어서 돌아왔다. "무엇을 하겠다고 뜻을 냈으면 거듭 이어가야 한다. 이어가지 못할 형편이라면 대신 이어갈 사람을 앉혀놓아야 한다. 그럴 수 없으면 아예 발을 내디디지 말아야 한다."라는 것과 "극복하려고 몸부림치지 말라. 제힘을 넘어선 무엇을 이루려고 안간힘을 써서 이룬 것은 상처뿐인 영광이 아니라, 마음 깊이 상처만 남을 뿐이다."라는 말씀이다. 겉으로 무엇을 이뤘다 한들 평정을 잃은 마음에 남아 있을 것이 무엇이 있겠느냐는 얘기다.

사람들은 흔히 힘껏 한다는 말을 오해하고는 죽을 둥 살 둥 치달아 제힘을 넘어서는 것으로 받아들인다. 아니다. 힘껏 한다는 말은 힘에 부치지 않은 선에서 기운을 아낌없이 쏟는 것을 가리킨다. 무엇을 이루고 죽으면 무슨 소용인가.

스승은 2006년 봄, '책의 날'을 맞아 교보문고에서 책 이야기를 나눴다. 이 자리에서 "우리 삶에 영향을 끼치는 것이 여럿 있으나 그 가운데 책이 주는 영향이 가장 크다."고 하면서 "책은 자신을 바로 세우고 세상을 보는 눈을 뜨게 한다."고 했다. 아울러 읽을 때마다 새롭게 배울 수 있고 사는 의미와 기쁨을 안겨주는 책이 수명이 긴 책이라고 하면서, 책을 가까이하면서도 책에서 벗어나야 한다고 말씀했다.

지나온 자취를 되돌아보니,

책 읽는 즐거움이 없었다면

무슨 재미로 살았을까 싶다.

'책에는 길이 있다.'는 말이 있는데

독서인이라면 누구나 공감할 교훈이다.

학교 교육도 따지고 보면 책 읽는 훈련이다.

책을 읽으면서 눈이 열리고 귀가 뜨인다.

『아름다운 마무리』 '책에 읽히지 말라'에 나오는 말씀이다. 이 꼭지에서 "인간 형성에 도움이 되지 않는 독서(지식이나 정보)는 더 물을 것도 없이 사람에게 해롭다."고 하면서 다음 본보기를 꺼내 든다.

육조 혜능 스님 회상에 『법화경』을 독송하기 7년이나 되는 한 스님이 있었는데, 그는 경전을 그저 읽고 외웠을 뿐 바른 진리 근원에 이르지 못했다. 이런 경우 경전 자체에 허물이 있는 것이 아니라 경전을 읽는 그 사람 태도에 문제가 있는 것이다. 먼저 마음의 안정이 없으면 경전에 담긴 뜻을 제대로 이해할 수 없다. 그리고 경전의 가르침을 제 삶으로 받아들이지 않으면, 설령『팔만대장경』을 죄다 외울지라도 아무 의미가 없다.

줄줄 다 외우고, 누구에게 좔좔 풀어서 말은 번지르르하게 해도 삶이 되어 나오지 않는다면 덧없다는 말씀이다.

틈

새봄, 내 책상 위에 책 두 권이 놓여 있다. 프랭크 스마이드의『산의 영혼』과 팔덴 갸초의『가둘 수 없는 영혼』이다. 프랭크 스마이드는 영국 등산가이며 저술가인데, 그는 등산을 운동이나 도전으로 생각하지 않고 명상하기 위한 산책이라고 한다. 그는 산을 걷는 명상가이다.

팔덴 갸초는 티베트 라마승인데, 중국이 티베트를 침략한 뒤 30년 동안 그가 겪은 고난의 기록이다. 그는 어떤 고난에도 스승과 영혼의 가르침을 저버리지 않고 강인한 정신력을 지켰다. 그에게는 감옥이 사원이고 족쇄와 수갑이 경전이었다.

같은 꼭지에 나오는 말씀이다. 여기서 무엇보다 '등산을 운동이나 도전으로 여기지 않고 명상하려는 산책'이라는 말이 확 와닿았다.

황선 스님 말씀처럼 뭘 넘어서야겠다고 쓰는 안간힘은 두고두고 상처로 남는다. 넘어서고 말고 할 것 없이 이제 여기서 누리는 것이 바로 명상이다. 팔덴 갸초 스님은 당신을 가두고 고문하는 중국 사람을 미워하게 될까 봐 두려웠다고 했다. 명상에 들어야 하는 까닭이다.

스승이 1971년 '미리 쓰는 유서'에서 "평생에 즐겨 읽던 책이 내 머리맡에 몇 권 남는다면, 아침저녁으로 '신문이요!' 하고 나를 찾아주는 그 꼬마에게 주고 싶다."라고 썼던 책 가운데 하나가 『예언자』다. 이 책은 사랑 문답으로 말문을 열어 결혼, 고통, 우정을 이야기하다가 먹고 마시고 입는 일상 이야기로 나아가며 사랑을 풀어낸다.

> 사랑은 사랑 말고는 아무것도 주지 않으며, 사랑 말고는 아무것도 바라지 않고, 사랑은 소유하지도 소유 당할 수도 없으며, 사랑은 그저 사랑으로 넉넉할 뿐이다.

사랑은 가질 수도 가짐을 당할 수도 없다는 말이 가슴에 콕 박혔다. 요즘 사람들이 흔히 하는 "너는 내 것"이라는 말이 떠올랐기 때문이다.

혼인을 다루는 꼭지에서는 어떻게 사랑하여야 할지 한 수 알려준다.

> 서로 사랑하라, 그러나 사랑에 매이지는 말라. 차라리 그대들 영혼 기슭 사이에 일렁이는 바다를 두어라. 함께 노래하고 춤추며 즐거워하되 따로 있도록 하라. 마치 현악기 줄들이 한 노랫가락을 울릴지라도 줄은 따로 떨어져 있듯이.

따로 또 같이 해야 사이에 사랑이 깃든다는 말이다.

아이를 다루는 꼭지에서도 이 뜻을 힘주어 말하며 우리를 흔든다.

> 그대가 낳은 아이라고, 그대 아이는 아니다. 그이들은 스스로 열망하는 생명 아들이요 딸이다. 그이들은 그대를 거쳐 왔으나 그대에게 온 것이 아니다. 그러므로 비록 그이들이 그대와 더불어 있더라도 그이들이 그대 소유물은 아니다.

아무리 생각해도 책에 길이 있다.

깨닫는 순간 불자이기를 멈춰

불교를 제대로 알려면 불교에서 벗어나야 한다.
틀에서 벗어나지 못하면 불교를 참답게 알 수 없다.

스승이 남긴 말씀이다.

법정 스님이 신념을 가지고 말씀하셨어요. 문화, 사회, 역사를 봤을 때 종교 목적이 종단 구성일 수는 없다고. 득도하려는 방편이지 목적일 수는 없지 않습니까? 스님은 깨닫는 순간 불자이기를 그친다고도 하셨어요. 그러니까 '신분으로 불자다.' 이런 걸 뛰어넘어 모든 종교가 참삶을 찾아보자는, 궁극에 이르는 수단으로 애를 쓰는 거지 그 자체가 목적일 수 없지 않으냐며 아주 확신하셨어요.

『법정 나를 물들이다』 '너는 네 세상 어디에'에 나오는 장익 주교 말씀이다.

나는 장익 주교가 나눈 말씀 뿌리가 '천상천하유아독존'에 가 닿는다고 생각한다. 이 말을 흔히 "하늘과 땅 사이에 나 홀로 존

귀하다."라고 풀면서 부처님만이 존귀하다고 받아들인다.

부처님은 모든 목숨붙이에게 부처님 씨앗이 있다고 말씀했다. 그러니 어떤 목숨이든 부처님 씨앗에서 돋아난 떡잎이라는 말씀으로, 천상천하유아독존은 하늘과 땅 사이에 있는 목숨은 다 홀로 드높다고 새겨야 한다. 그래서 "땅 위와 땅속을 모두 돌아보고 훑어봐도 온통 우러를 '나'뿐이로구나."라고 풀어야 한다고 받아들인다. 예수님을 '독생자'라고 하는 까닭도 마찬가지다. 그래서 스승은 "히말라야에 오르는 길은 달라도 산꼭대기는 하나"라고 했다.

1998년 12월 중순 길상사 앞길에 펼침막이 하나 내걸렸다.

"아기 예수님 탄생을 축하합니다!"

이 물결은 1997년 12월 14일 길상사 문을 열면서 비롯했다. 문 여는 자리에 오신 김수환 추기경은 3천여 불자들에게 말씀했으며, 이 자리에 기독교 목사와 원불교 교무도 어울렸다. 스승은 가톨릭에서 발간하는 〈평화신문〉에 아기 예수 탄생을 기리는 성탄 축하 메시지를 보냈다. 그리그 명동성당에서 특별강론을 해달라는 뜻을 받아 이듬해 2월 24일 '경제위기 극복과 청빈'이란 말씀을 했다. 그리고 이태 뒤 길상사에 마리아상을 닮은 관세음보살상이 들어섰다.

1998년 5월, 경기도 광주에 있는 천주교회에도 펼침막이 내걸렸다.

“봉축 부처님 오신 날 알렐루야!”

방상복 신부가 같은 마을 절이 문 열 때 찾아가 반기면서 성탄절과 부처님오신날을 서로 기리는 사이로 나간 것이다.

방상복 신부는 이 교회를 떠나 유무상통마을 문을 열면서 미륵반가사유상을 닮은 예수상을 모셨다. 2천 년이나 십자가에 못 박혀 계신 예수님이 안타까워 십자가에서 벗어나게 해드렸단다.

유무상통마을, 없음과 있음이 드나들며 어울리는 마을이라는 말씀이다. 이 마을 벽에는 크게 ‘놓아라’라는 말씀을 적어놨다. 내려놓으면 마음 놓인다. “첫째가 되려는 사람은 꼴찌가 되어야 한다.”라는 성경 말씀처럼 꼴찌가 되겠다며 서로 물러서는 세상엔 다툼도 시샘도 없을 테다.

시인 고진하는 시집 『수탉』(민음사)에 나오는 ‘합장’에서 이렇게 노래한다.

동틀 무렵

새벽 미사 막 끝내고

식당으로 향하는 발걸음들이 빨라지는 시간.

상(像) 앞을 지나며 아무도 본 척도 않는데

휠체어 바퀴를 힘겹게 굴리며

성당에서 나오던 반신불구의 할머니 한 분,

합장은 비는 손, 준말로 '비손'이다. 연꽃봉우리처럼 생겼다고
해서 연꽃비손이라고도 한다. 비손하면 때리는 손이 사라진다.

틈

소리를 명상하다

소리 내어 읽으면 영혼을 맑힌다

책장을 펼치면 귓속으로 들여오는

거룩한 말씀 한 자락

그 무엇으로도 망가뜨릴 수 없는

영원한 빛이 되리라

스승이 펴낸『그물에 걸리지 않는 바람처럼』겉을 두르는 띠지 앞에 나오는 말씀 자락이다. 이 책 머리말 '마음으로 읽는 불교 경전'에서 스승은 경전을 읽을 때 상황과 마음을 경전 형식에 얽매이지 않아야 한다면서 이렇게 말씀한다.

경전은 눈으로 읽지 말라.

제 목소리로 두런두런 소리 내어 읽을 때

그 메아리가 영혼에까지 울린다.

글이 말이 되려면 소리 내어 읽어야 한다. 눈으로 읽으면 머리로 받아들일 수밖에 없다. 소리 내어 읽어야 머리뿐 아니라 몸에 켜켜이 쌓인다.

우리는 흔히 골(뇌)이 중요하다고 말한다. 그러나 골이 헤아린 대로 살아내는 건 몸이다. 받아들인 뜻이 머리뿐 아니라 몸에 새겨질 때 눈빛으로, 손짓과 발짓을 비롯해 몸짓으로 뜻을 살릴 수 있다. 소리를 듣는 명상 못지않게 말하는 소리 명상을 해야 하는 까닭이다. 소리 명상을 할 때 빠뜨릴 수 없는 것이 운율이다.

그동안 불자들은 경전을 잘 읽지 않는다고 알려져왔다. 경전이 대부분 한자로 된 까닭에 한문을 배운 이들이 아니고서는 '가까이하기에는 너무 먼 당신'이었기 때문이다. 그러다가 1990년대에 들어서면서 부처님 목소리가 생생하게 담긴 빨리어 경전을 우리말로 풀어낸 것들이 하나둘 나타나더니, 2000년대 초반 전재성 박사가 디가 니까야를 비롯한 니까야를 다 풀어 내놓았다. 이어서 각묵 스님과 대림 스님도 니까야를 펴냈다. 이 바람에 재가불자들 사이에서 부처님 말씀이 스펀지에 물 스며들듯 가만가만 살살 여울지고 있다.

불경은 부처님이 하신 말씀을 제자들이 함께 외워 이어오다가 뒷날 적바림한 것이다. 요새 나온 책처럼 책상머리에 앉아 쓴 글이 아니라, 입에서 입으로 이어온 입말이어서 말하는 이가 들이마시고 내쉬는 숨결이 고스란하다. 그래서 소리 내어 읽으면 뼛속 깊이 스미고 가슴 깊이 울린다.

경전을 시 읊듯 소리 내어 읽어 내려가다 보면 시대를 거슬러 부처님 법석에 앉아 듣는 느낌이 들 때가 적지 않다. 길동무들과 돌아가면서 한 꼭지씩 읽는 것으로 시작해 기어이 함께 읊기도 하는데, 처음에는 엇박자가 나지만 반딧불이가 처음에는 서로 엇갈려 반짝이다가 마침내 한꺼번에 번쩍이는 것처럼 머잖아 호흡이 딱딱 맞는다. 그럴 뿐 아니라 경전을 조곤조곤 낮은 목소리로 읊어 내려가다 보면 부처님이 이웃 할아버지처럼 가깝게 여겨진다.

『디가 니까야』 대반열반경에서 부처님은 "아난다여, 허리가 결리는구나. 누워야겠다." 하고 말씀한다. "아난다여, 가사를 네 겹으로 접어서 깔아다오. 아난다여, 고단하구나. 나는 좀 앉아야겠다."라고도 한다. 늙고 마른 몸으로 바닥에 앉거나 누우니 몸이 배기셨는지 두툼하게 깔개를 만들어달라는 모습이 눈에 선하다. 이어 "아난다여, 물을 좀 떠다 다오. 목이 마르구나." 하고 말씀한다. 이 대목에서는 '늙으니 입이 자주 마르시는구나.' 하고 실감한다.

어떤 종교 경전이든지
경전은 소리 내어 읽어야 한다.
그저 눈으로 스치지만 말고 소리 내어 읽을 때
그 울림에 신비한 기운이 스며 있어
그 말씀을 한 분 목소리를 들을 수 있다.

2006년 봄, '책의 날'을 맞아 교보문고에서 스승이 하신 말씀이다.

찰리 채플린이 무성영화를 만들면서 스스로 감탄해 마지않았다. 기대감에 잔뜩 부풀었는데, 막상 뚜껑을 열어보니 반응이 겨우 "예, 좋아요."였다. 맥이 풀린 채플린은 실망이 이만저만이 아니었다. '아니 대체 왜 이래? 뜨뜻미지근하다니, 사람들이 다 제정신이 아니잖아.'

무엇이 잘못됐는지 골똘히 생각하던 찰리 채플린이 다시 만든 작품이 〈시티 라이트〉였다. 반응이 터졌다. 대사를 넣었느냐고? 아니다. 아직 사람 목소리를 넣을 실력은 없던 때라서 배경음악만 깔았다. 그랬을 뿐인데 사람들은 뜨겁게 "찰리 채플린!"을 외쳤다.

스승 말씀처럼 소리에는 울림이 따르고 울림에는 신비스러운 기운이 있어 그랬을 테다. 경전을 입으로 소리 내어 읽어 귀가 열리고 뼛속까지 떨려 들어온 것이 삶으로 울려 퍼지는 기적을 누리는 요즘, 경전이 맛있다.

‘우리에게 일은 무엇이며, 어울려 일하는 이웃은 내게 무엇인가?’

이런 생각을 하며 일을 하거나 일터를 꾸리는 사람이 얼마나 될까?

중학교에 입학하고 얼마 지나지 않아 가슴막염을 앓아 휴학했다. 이듬해 봄, 다시 1학년이 되었으나 석 달 만에 병이 도져 학교를 그만뒀다. 그렇게 한 해를 거르고 동무들이 고등학교에 들어가던 해에 다시 중학교에 들어갔으나 또 석 달 만에 그만둬야 했다.

병치레를 마치고 나니 몸무게 47kg에 세 살 때 소아마비를 앓아 오른쪽 다리를 저는 몸뿐이었다. 몸이 허약한 것보다 다리를 저는 게 더 큰 문제였다. 공사장에서 잔심부름이나 허드렛일을 하려 해도 다리를 절다 미끄러지거나 높은 데서 떨어지면 뒷감당하기 힘들다고 고개를 저었다.

몸 쓰는 일터만이 아니라 머리 쓰는 일터도 찾기 힘들기는 마찬가지였다. 때마침 만화책 뒤쪽에서 만화가 지망생을 찾는다는 글을 봤다. 병치레하면서 가장 가까이한 게 만화책이었다. 취

미랄 것까지는 아니라도 할 일이 없다 보니 만화는 퍽 따라 그렸다. 서툴긴 하지만 '옳다구나!' 싶었다. 만화를 몇 컷 베껴 그려 부쳤다. 소식이 왔다, 짐 싸 들고 오라고.

내게 처음 주어진 일은 흑백 만화에 검은 칠 하는 일이었다. 집집이 텔레비전이 없어서 볼거리가 마땅치 않아 어른·아이 가릴 것 없이 만화를 보던 때라 일거리가 밀려 잠잘 새도 없었다. 병을 떨쳐내고 얼마 되지 않았을 때라 힘에 부쳤다. 마당 한구석에 있는 뒷간에 가려고 쪽마루에 걸터앉아 신발을 신다 말고 코 골기 일쑤였다.

일주일 만에 손을 들고는 심부름 나온 길에 집으로 전화를 걸었다. 어머니에게 긴한 일이 있으니 집에 다녀가라는 전보를 쳐 달라고 했다. 그리고 전보를 받자마자 줄행랑. 첫 도전은 그렇게 무참히 깨졌다.

집으로 돌아온 나는 경동시장에 나가 홍시 한 궤짝을 사다 팔려고 나섰다. 길음시장 가는 길 외진 곳에 똬리를 틀었다. 목이라고 할 수도 없을 만큼 외진 데다 모자를 푹 눌러쓰고 고개마저 수그린 채 웅크리고 앉아 있는 내 물건을 사줄 사람은 없었다. 사흘 동안 한 개도 팔지 못하고 물러섰다. 두 번째 실패.

그대로 주저앉을 수는 없었다. 고물상에 가서 바퀴 두 개를 사다가 조그만 손수레를 짰다. 모판을 올리고 엿과 땅콩을 받아다가 초등학교 정문에서 멀찌막이 떨어진 데 자리 잡았다. 문 앞에는 이미 터를 잡은 사람이 있었기에……. 장사가 잘되었을까? 그럴 리가. 그래도 드문드문 사주는 이들이 있었다. 손님은 주로 코흘리개 아이들이었다.

여기서도 처음 사흘은 고개도 들지 못하다가 나흘째가 되니 비로소 둘레둘레 돌아볼 겨를을 찾았다. 그런데 먼발치 담 귀퉁이에 서서 손가락을 입에 물고 땅콩이며 엿을 사 먹는 아이들을 물끄러미 바라보는 아이가 눈에 들어왔다. 손짓으로 불러서 엿가락 두 개와 땅콩 한 줌을 쥐여주고는 아무한테도 말하지 말고 혼자서 살짝 먹으라고 했다. 거저 줬다는 얘기가 퍼지면 돈 주고 사 먹던 아이들도 다 달려들어 손을 내밀지도 모른다는 생각에서였다. 웬걸, 한 시간도 되지 않아 아이들이 새까맣게 몰려들어 손을 내밀었다. 또 망했다.

사회에 내디딘 첫걸음부터 엉키고 만 까닭은 어디에 있을까? 어째서 일을 해야 하는지 하는 까닭은 말할 것도 없이, 내가 그 일을 할 수 있는 바탕을 갖췄는지 짚어볼 생각도 하지 않을 만큼 아무런 마련도 없이 어설피 달려든 탓이다. 일을 제대로 할 줄 모르거나 손대는 일마다 옹글게 일궈 나가지 못하는 사람들은 어렸을 때 나처럼 마련을 제대로 하지 못했기 때문이다. 어떻게 해야 할까?

이른 봄 잎이 나기도 전에 꽃을 피우는 나무들이 있다. 눈 속에서 고개를 내미는 매화나 복수초, 아직 아무것도 깨어나지 않았을 것 같은 산에 분홍빛 물을 들이는 진달래, 봄을 반긴다는 영춘화 그리고 대부분 남쪽으로 기우는 꽃들과 달리 북쪽을 바라본다는 목련 따위가 그것이다. 전라도 사람들은 이 꽃들을 가리켜 싸가지없는 꽃이라며 우스갯소리 한다. '싹수없다'는 말로 싹이 트기 전에 꽃부터 피운다는 뜻이다.

이 나무들을 보며 마련도 없이 서둘러 꽃을 피웠다고 손가락질해서는 안 된다. 이른 봄에 꽃 피우려고 한 해 앞서 잎을 돋우며 부지런히 제 앞가림을 해온 나무들이다.

이처럼 마련돼 있으려면 일을 바라보는 눈길이 달라야 한다. 스승이 남긴 말씀 결을 따라가 본다.

틈

우리에게 주어진 직업은

한낱 생계를 위한 방편이나 수단이 아니라

사는 소재임을 알아야 한다.

그 일을 통해 아름다운 사람 관계를 이루고

자기 자신을 알차게 만들어가야 한다.

그 사람이 그 일을 하지만,

또한 그 일이 그 사람을 만들기도 한다.

그러니 남을 위한 일이 어디 있겠는가.

모두가 내 일이고 내 몫이다.

　모든 일은 살리어 사는 살림살이라는 것을 꿰뚫고 너를 살릴 때 비로소 내가 살 수 있다는 일머리를 세울 때, 비로소 일을 제대로 할 수 있다는 말씀이다. 일하며 사는 우리가 내남없이 깊이 새겨야 할 말씀이다.

배움터와 일터를 명상하다

사람이 살아가려면 일을 하지 않을 수 없다. 먹고사는 일은 살아 있는 모든 목숨붙이가 짊어진 짐이다. 우리에게 일터란 무엇이며, 그 일터를 어떻게 가꾸어야 할까?

내가 농부였다면 우리를 먹여 살리는 거룩한 논밭을 바탕으로 말씀드렸으련만, 안타깝게도 손에 흙을 묻히지 않고 살아온 가방끈 짧은 책상물림이다. 이른바 농부 등쳐먹고 살아온 '도시내기'라서 나와 다를 바 없이 도시를 살림 바탕에 두어 일터를 여는 기업 이야기를 하려고 한다.

스승은 『무소유』 '녹은 그 쇠를 먹는다'에서 직장에서 사람 사이를 잘 이루지 못해 갈등을 빚을 때 건저 제 마음을 다스려야 한다고 했다. 그러면서 미움에 휩싸이던 마치 녹이 그 쇠를 먹는 것처럼 스스로 녹슬고 만다고 말씀했다.

직장에서 대인관계처럼 중요한 몫은 없을 것이다. 모르긴 해도, 정든 직장을 그만두게 될 때, 그 원인 중에 얼마쯤은 바로 이 대인관계도 있지 않을까 싶다. 어째서 똑같은 사람인데 어느 놈은 곱고 어느 놈은 미울까. 종교 측면에서 보면 전생에 얽힌 사연들이 조명되어야 하겠지만, 상식 세계에서 보더라도 무언가 그럴 만한 꼬투리가 있을 것이다. 원인 없는 결과란 없는 법이니까. 그렇다 하더라도 직장이 '외나무다리'가 되어서는 안 된다. 우선 같은 일터에서 만나게 된 인연에 고마워해야 할 것 같다.

… 아니꼬운 일이 있더라도 내 마음을 나 스스로 돌이킬 수밖에 없다. 남을 미워하면 저쪽이 미워지는 게 아니라 내 마음이 미워진다. 아니꼬운 생각이나 미운 생각을 지니고 살아간다면, 그 피해자는 누구도 아닌 바로 나 자신이다. 하루하루를 그렇게 살아간다면 내 인생 자체가 얼룩지고 만다.

… 미워하는 것도 내 마음이고, 좋아하는 것도 내 마음에 달린 것이다. 『화엄경』에서 일체유심조라고 한 것도 바로 이 뜻이다. 그 어떠한 수도나 수양이라 할지라도 이 마음을 떠나서는 있을 수 없다. 그것은 마음이 모든 일의 근본이 되기 때문이다.

『법구경』에는 이런 비유도 나온다.

"녹은 쇠에서 생긴 것인데 점점 그 쇠를 먹어버린다."

마음씨가 그늘지면 사람이 녹슬고 만다는 뜻이다.

직장 생활을 하면서 윗사람 눈에 나고 싶은 사람은 없으며,

동료나 아랫사람과 갈등을 빚고 싶은 사람도 없을 것이다. 그러나 사람마다 뜻이 다르고 좋아하는 것이 다르기에 어긋날 수밖에 없다.

알고 보면 어긋나는 것은 그 사람고 내가 아니라 그 사람이 내놓은 뜻과 내가 내놓은 뜻이다. 그런데 그 사람이 어긋난다고 받아들이고 나면, 미움이 그 사람이나 그 사람이 내놓은 뜻에 손뼉 치는 사람에게 쏟아진다. 이런 마음이 들 때는 잠깐 입으로 "후~" 하고 숨을 길게 내쉬고 숨이 다 빠져나간 뒤 입을 다물면 저도 모르게 숨이 들어찬다. 그렇게 하기를 서너 차례 되풀이한 다음에 다루는 사안이나 쟁점과 사람을 떼어놓고 생각해보라.

말은 쉬운데 그렇게 하기는 말처럼 쉽지 않다고 맥없이 물러서서는 안 된다. 억지로 하지 않고는 길이 들지 않기 때문이다. 길이 몸에 들어 길과 몸이 하나 되어야 물러서지 않고 한결같이 그 길을 갈 수 있다.

어떤 일을 겪을 때 제 마음을 먼저 살피고, 어울리는 이웃을 아우르라는 스승 말씀처럼 명상에 들 때 가장 밑바탕에 깔아야 하는 마음이 바로 회심, 돌이켜 보는 마음이다.

백지장도 맞들어야 가볍고, 손뼉이 마주쳐야 소리가 나듯 일터를 꾸리는 이들이 결 고이 어울리려면 어떻게 해야 할까?

아침에 일하기에 앞서 3분에서 5분쯤 모두 모여 일하는 까닭을 되새기고, 어려움이 있더라도 서로 다독이겠다고 명상한다.

마칠 때도 마찬가지로 하루를 돌아보며 함께해서 고마웠다는 명상을 한다.

"그런다고 뭐가 달라지겠어?"라며 비웃는 이가 있을지도 모른다. 그래도 꿋꿋이 이어가야 한다. 꾸준히 하다 보면 어울려 살림이란 열매가 반드시 맺힌다.

『벼리는 불교가 궁금해』 닫는 글 '평화누리살림'에 나오는 '배움터와 일터를 옹글게 꾸려가겠습니다'에 나오는 말씀이다. 일하기에 앞서 하는 명상에 이 같은 다짐을 넣어도 좋을 것이다.

스승은 『물소리 바람소리』 '운문사의 자매들에게'에서 글도 배우지만 행도 배워 익혀야 하는데, 행은 도량이 아니고서는 제대로 배우고 익히기가 어렵다고 말씀했다. 함이 없는 헤아림은 공허하기 쉽고, 헤아림이 따르지 않는 함 또한 줏대 없이 덮어놓고 하는 데 떨어질 위험이 있다고 짚었다. 해행일여(解行一如), 헤아림에는 반드시 함이 따라야 한다는 믿음이 굳게 서야 한다고도 말씀했다.

일단 배운 것은

그대로 제 것으로 수용되어

생활화하고 인격화되어야 합니다.

한번 배운 것은

남에게 가르쳐 보일 수 있어야 합니다.

사오 년 또는 오륙 년에 걸쳐 공부를 마치고 나서도

벙어리가 된다면 배우는 의미가 없습니다.

배운 것을 밑천으로 법문도 할 수 있어야 하고,

또한 사유를 거쳐 제 것으로

재창조도 할 수 있어야 합니다.

부디 용처가 있는 공부를 하십시오.

틈

배움을 머릿속에만 담아둬서는 아무짝에도 쓸모없다는 말씀
이다. 가르칠 수 있을 만큼 삶으로 녹여내고, 나아가 깊이 삭여
제 뜻으로 바꿔낼 때 비로소 그 공부가 제구실한다는 우레다.

배움은 몸에 익혀 삶으로 녹아 나올 때 비로소 이뤄질 수 있
다. 이 바탕에서 일터를 어떻게 꾸려야 할지 짚어보자.

'사원이 주인, 사원에게 감동을'이란 창업 이념으로 70세가
정년이고, 육아 휴직은 세 해(아이를 낳을 때마다)나 쓸 수 있으며, 연
간 140일을 쉬어 일본 상장기업(120일) 가운데 가장 길고, 업무 시
간은 7시간 15분으로 일본 노동기준법보다 45분이나 짧고, 모

든 직원에게 해마다 일본 여행을 하게 하고 다섯 해에 한 번은 해외여행을 보내주는 회사가 있다. 직원이 모두 해외여행을 떠날 때는 거래처에 창고 열쇠를 내주는 회사. 어떤 회사일까? 바로 일본 중소기업 미라이공업이다.

회사가 가진 특허만 8천 개가 넘고, 65세 평사원 연평균 수입이 700만 엔으로 기후현 공무원보다 많으며, 업계와 지역 평균보다 훨씬 높다. 성과주의도 없이 연공서열인 미라이공업에는 없는 것도 많다. 출퇴근 기록기나 유니폼이 없고, 사장 명령은 물론 잔업도 없다. 업무 할당량도 없으며, '해고'나 '비정규직'이란 낱말은 아예 없다.

이제는 흙으로 돌아간 창업자 야마다 회장에게는 직원을 뽑는 기준도 없었다. 1991년 상장할 때 이름 적힌 쪽지를 선풍기 앞에 두고 선풍기를 틀어 가장 멀리 날아가는 쪽지부터 공장장을 시키고, 이어 부장 그보다 덜 날아간 이름을 가진 이는 과장을 시켰다. 그 뒤에는 그 과에 있는 사람 이름을 써 붙인 볼펜을 굴려 맨 위에 이름이 올라오는 사람을 과장으로 뽑기도 했다. 그런데도 샐러리맨 천국이라는 별명이 붙었다니?

젊어서 연극을 했다는 야마다 회장은 이렇게 말했다.

나는 무대에서 인생을 배웠다. 막이 오르면 연기는 배우에게 맡겨야 한다. 그러지 않으면 배우는 자라지 못하고 배우

가 자라지 못하면 연극은 망한다. 기업도 마찬가지. 막이
오르면 경영자는 사원이라는 배우에게 모두 맡겨야 한다.

『세상을 아우른 따스한 울림』‘막이 오르면 연기는 배우에게
맡겨야’에 나오는 말씀을 간추렸다. 선풍기 바람을 쐬거나 볼펜
을 굴려 간부를 추리다니, 만화에나 나올 수 있는 일터라 받아들
이기 쉽다. 그러나 엄연히 현실에 있는 회사다.

"막이 오르면 연기는 배우에게 맡겨야 한다."는 말은 스스로
알아서 하라는 말인데, 이 말보다 더 무서운 말이 있을까. 하나
하나 낱낱이 간섭하면 일이 틀어졌을 때 나는 네가 시키는 대로
했다고 발뺌할 수 있지만, 알아서 하라고 하면 죽자고 덤비는 수
밖에 없다.

윗사람에게 덤벼도 괜찮다고 하는 회사도 있다. 어느 기업 연
구원이 신제품을 개발한다. 시제품을 본 경영진은 "내년에 다시
왔을 때 이 제품을 연구소에서 다시는 보고 싶지 않다."라며 돌
아선다. 그런데 그만두기는커녕 그 일을 거듭 이어간다. 그 제품
을 찾는 손님이 반드시 있을 것이라고 믿었기 때문이다. 이 연구
원은 휴가 때 시제품을 싣고 지방을 돌며 제품을 좋아하는 숨은
손님들을 찾아낸다. 휴렛 팩커드(HP)에서 일어난 일이다.

한 해 뒤 이 회사 공동 창업자이자 사장인 데이비드 팩커드가
다시 연구소를 찾았을 때, 공장에서는 그 제품을 만들고 있었다.

팩커드가 벌컥 성내며 말한다.

"내가 하지 말라고 했을 텐데!"

개발자 척 하우스는 이렇게 능친다.

"아닙니다. 말씀하신 대로 그 제품은 연구소에 없어요. 생산 라인에 있죠."

이 제품은 효자 상품이 된다. 몇 해 뒤, 팩커드 사장은 척 하우스에게 기술자 의무를 넘어선 '비범한 불복종'에 고마워하며 메달을 준다.

뒷날 척 하우스는 이렇게 돌아본다.

> 내가 반항하거나 외고집을 부리려고 했던 것은 아니다. HP
> 가 잘되기를 간절히 바랐을 뿐이다. 이 일로 일자리를 잃을
> 것이란 생각을 한 번도 하지 않았다.

내가 어떤 뜻을 내거나 어떤 짓을 하더라도 잘리지 않을 것이라고 믿지 못하면 나올 수 없는 말이다. 데이비드 팩커드가 관리자들에게 남긴 다음 말에서 팩커드가 어떤 뜻으로 직원을 아울렀는지 알 수 있다.

> 종업원들은 돈을 벌려고 일합니다. 그것뿐일까요? 우리는
> 이 사람들이 쓸모를 이루고 있다고 느끼기에 일하고 있다

는 것도 깨달아야 합니다. 우리가 해야 할 첫 의무는 이 사
람들이 값진 일을 한다고 알리는 것입니다.

함께 일터를 꾸려 아우르는 사람이 어떤 마음 바탕을 지녀야
할지 새겨봤다. 막을 올리기에 앞서 우리는 어떤 바탕을 마련해
야 할까.

틈

외로움을 명상하다

2000년대 초, 길상사를 찾은 작가 최인호가 법정 스님에게 묻는다.

"어수룩한 물음입니다만, 스님도 외로움을 느낄 때가 있으신가요?"

사람은 때로 외로울 수 있어야 합니다.

외로움을 모르면 삶이 무디어져요.

하지만 외로움에 갇혀 있으면 가라앉지요.

외로움은 옆구리로 스쳐 지나가는

마른 바람 같은 것이라고 할까요.

그런 바람을 쐬면 사람이 맑아집니다.

스승은 외로움이 옆구리로 스쳐 가는 바람 같아서 그 바람을 쐬면 사람이 맑아진다고 선뜻 말씀하셨지만, 제 살길 찾느라 바쁜 사람들 사이에 끼어 사는 우리는 그렇게 여기기는커녕 견디기도 어렵다. 외로움이라고 하면 흔히 나이 든 사람 몫이라고 여길 만큼 젊은이와는 어울리지 않는 낱말로 받아들인다. 그런데 결이 다른 조사가 나와 눈길을 끈다.

　영국 BBC 방송이 영국 대학교 세 곳의 연구자들과 손잡고 전 세계 5만 5천 명에게 외로움에 대한 온라인 설문조사를 했다. 그 결과 75세가 넘은 늙은이들은 27%만이 자주 외로움을 느낀다고 얘기했으나, 16세에서 24세 사이에 있는 젊은이들은 40%나 자주 외로움을 느낀다고 했다.

　나이가 들면서 외로움을 더 잘 삭이기 때문일까? 그건 아니란다. 언제 가장 외롭더냐는 물음에 나이와 관계없이 '젊었을 때'라고 했단다. 돌이켜 보니 '젊을 때' 더 그리움이 컸던 것 같다. 그리움이란 곁에 있기를 바라는 어떤 이나 어떤 것이 없을 때 올라오는 느낌이다. 곁에 있기를 바라는 사람이 곁에 없는 이는 그렇지 않은 이에 견줘 외로움이 크다. 더구나 10대 중반에서 20대 중반까지는 바깥으로 벗어나며 자라야 하는 때로 둘레에 사람이 아무리 많아도 더 많기를 바란다. 그러니 같은 외로움이라도 더 크게 받아들일 수밖에 없지 않겠는가.

　16세에서 24세 사이는 학교를 떠나 크게 바뀌어야 하는 때다. 아울러 어려서부터 함께 자란 동무와 헤어지거나, 어버이 품을 떠나 새로운 세계에 뛰어들어 낯선 이웃과 어울리려고 몸부림쳐야 할 때이기도 하다. 제 앞가림하러 어쩔 수 없이 떠나온 어버이 품과 헤어진 벗을 그리워하다 보면 외로움이 끝 간 데 없이 치달을 수밖에 없다.

외로움이 잦아들었다가 다시 일어나기를 되풀이한다면 문제로 보기 어렵다. 그러나 수그러들지 않고 거듭 이어진다면 걱정거리다. 외로움이 끊임없이 이어진다면 살아갈 의욕을 잃고 몸도 고달프기 그지없다. 외로움이 한 해 넘도록 이어지면 우울증에 걸릴 확률도 높다. 사회성은 다른 사람이 지닌 감정을 헤아리고 그에 알맞게 사이를 풀어가는 것을 가리킨다.

연구진은 사회성을 가늠하려고 피험자들에게 사람 얼굴 또는 눈을 보여주며 그 얼굴이나 눈빛에 담긴 감정을 어림해 보도록 한다. 그런데 연구 결과 외로움을 자주 느끼는 사람들과 그렇지 않은 사람 사이에 큰 차이가 없었다고 했다. 외로움을 자주 느끼는 사람들은 사회성보다는 신경증, 살면서 맞닥뜨린 어려움에서 느끼는 불안이 크다는 것이다.

연구진은 공감하는 힘도 두 가지로 쟀다. 하나는 말벌에 쏘이거나 불에 델 때와 같이 몸으로 겪는 아픔을 공감하는 힘이고, 다른 하나는 왕따를 당하거나 파티에 초대받지 못했을 때처럼 마음으로 겪는 쓰라림을 공감하는 힘이었다.

결과는 어땠을까? 외롭다고 느끼는 사람과 그렇지 않은 사람은 다른 사람이 몸이 아파 느끼는 괴로움을 공감하는 데는 큰 차이가 없었다. 그러나 외로움을 자주 느끼는 사람들은 그렇지 않은 사람들에 견줘 마음고생하는 이들에 더 깊이 공감했다. 외

로움은 마음으로 느끼는 것이기에 외로움을 잘 타는 사람일수
록 마음에 입은 상처에 더 깊이 공감하는 것이다. 외로움을 많이
타는 이들이 사회성이 높다는 말이다.

2018년 1월, 영국은 세계에서 처음으로 '외로움 부'를 만들어
장관을 임명했다. 그 당시 영국 적십자사 조사에 따르면, 영국
사람 6천500만 명 가운데 900만 명이 외로움을 느낀다고 했다.
늙은이 360만 명은 텔레비전을 가장 가까운 '동반자'로 꼽았다.
16세에서 24세 사이 젊은이들도 절반 가까이가 외로움을 견디
기 어려워 상담받은 적이 있다고 했다.

외로움은 하루에 담배 15개비를 피우는 것과 같이 몸에 해로
우며, 비만보다 위험하다는 연구도 있다.

몇 해 전 삼성경제연구소가 내놓은 '대한민국 직장인 행복도
조사'에서도 '외로움'이 걸림돌로 나왔다. '행복한 직장인'은 '불
행한 직장인'보다 업무 자신감이 11%나 더 높게 나타났는데, 바
로 '외로움'이 변수였다. '행복한 직장인'은 직장 안에서 흉허물
을 터놓으며 가깝게 지내는 사람이 평균 3.3명인데, '불행한 직
장인'은 그 절반밖에 되지 않는 1.7명이었다. 또 '행복한 직장인'
가운데 68%는 회사 안팎에서 동아리에 들어가 어울리고 있었
으나 '불행한 직장인'은 절반 수준에 그쳤다.

사람은 어째서 외로움을 느낄까?

사회심리학과 뇌과학을 이어 사람 마음을 헤아리는 새로운 길을 펼친 사회신경과학자 존 카치오포는 사람들이 외로움을 느끼도록 진화했다고 믿는다. 날카로운 이빨이나 발톱, 빠르고 튼튼한 네 다리를 가지지 못하고 두 다리로 휘청휘청 걸어야 하는 사람이 살아남으려면 힘을 모아야만 했다. 하는 수 없이 '외로움'을 유전자에 새겨 넣었다는 말로, 외로움이 새로운 동무를 찾아 나서는 바탕이라는 얘기다.

이렇게 우리를 살려온 외로움을 이제는 질병으로 받아들여 외로움이 새로운 돌림병이라고까지 말한다. 단식구(1인) 가정이 늘어나고 있다. 그나마 시골은 마을이 열려 있어 덜하지만, 집에 들어가 문을 걸어 잠그면 바깥과 단절되고 마는 도시에 사는 단식구는 고립될 수밖에 없다. 그런데 복지 제도를 비롯해 우리네 삶은 혼인해서 가정을 꾸리는 데 초점을 둔다.

다행스럽게도 홀로 견디기 힘든 외로움을 반려동물이나 에스엔에스가 메우고 있다. 그런데 학자들은 이것만으로 외로움을 메울 수 없다고 말한다. 사람과 사람이 주고받으며 이뤄야 할 사이는 어떤 것으로도 메울 수 없다는 것이다.

대인관계를 에스엔에스로 바꾼 사람 가운데 54%가 깊은 우울증을 겪었단다. 그럴 수밖에 없을까? 드라마 주인공과 말을 나누거나 만화 덕후가 되는 것은 그럴 수도 있겠다. 그러나 반려동물은 나와 온기를 나누고, 온라인 동무는 뜻을 주고받을 수 있는 참다운 사람을 가려 어울린다면 얼마든지 숨결을 나눌 수 있지 않을까.

조계산 자락에 있는 불일암에 살다가 강원도 오두막으로 들어가 사셨던 스승은 이끼를 비롯한 푸나무, 다람쥐와 토끼, 하다못해 벽에 걸린 그림과도 두런두런 말씀을 나누며 홀로 사는 즐거움을 누리셨다.

이처럼 누구를 만나느냐에 따라 외로움을 삭일 수 있고 없고 하는 것이 아니다. 굳게 마음 문을 걸어 잠갔다면 예수님이나 부처님이 오셔도 열기 어렵다.

틈

시간을 명상하다

시간은 우리에게 무엇일까?

시간에 매여 살지 않을 수 없을까?

우리는 언제부터 시간을 떠올리며 살았을까?

간 시간은 내게 무엇이며, 올 시간은 또 무엇일까?

시간이 참으로 있기나 할까?

시간 하면 떠오르는 궁금증이다. 모르긴 해도 사람들이 시간에 매여 살아온 날이 그리 오래되지는 않았다고 생각한다. 시간을 재기 시작한 것은 산업혁명이 일어나고 사람들이 공장으로 일하러 가면서부터다. 사람들이 물고기를 잡거나 농사를 지어 먹고사는 자영업자에서 일터에 나가 일해야 하는 노동자로 바뀌면서부터라는 말씀이다.

노동자들이 '9 투 5', 아홉 시에서 다섯 시까지 쉴 틈 없이 일하게 하려고 공장에 시계를 들여놓기 시작하면서 우리 머릿속에 시간이 들어앉았다. 시간에 매이게 된 까닭이다.

우리나라에서는 1960년대 산업사회로 발을 내디디면서 시간이 우리를 휘두르기 시작한다. 이렇게 만든 으뜸 공신으로 미국 트럭 운전사에서 해운 사업가로 탈바꿈한 말콤 맥린을 꼽는다.

말콤 맥린은 항구까지 짐을 실어 나르면서 트럭에 달린 컨테이너에 실린 짐을 부두에 내렸다가 다시 배에 싣는 것을 지켜보다가 '아예 컨테이너째로 배에 싣게 하면 어떨까?' 하고 생각했다. 이 생각이 세계 산업사를 다시 쓰게 했다.

그동안 해상 운송비에서 대부분이 인건비였다. 배에 저마다 다른 모양과 무게를 가진 짐을 실으려면 수백 명이 달라붙어도 며칠에서 몇 주가 걸렸다. 짐을 잃어버리거나 부서지는 일도 잦았다. 태평양을 건너는 데 드는 돈보다 항구에서 짐을 싣고 내리는 데 돈이 더 많이 들곤 했다. 그러던 것이 똑같이 규격을 갖춰 만든 컨테이너를 공장에서 트레일러에 싣고 와서 컨테이너째로 화물선에 실으니 운임이 6분의 1로 떨어졌다.

맥린이 컨테이너째로 배에 실으면 된다는 생각에서 발전시킨 우리 산업. 산업 발달로 우리가 얻은 건 무엇이며 잃은 건 무엇일까? 얻은 것은 돈과 편리함 그리고 소비를 미덕 삼아 얻은 이름, 소비자다. 얻은 것 가운데는 태워버리기도 힘든 쓰레기 더미도 있다. 잃어버린 건 '조용한 아침의 나라' 금수강산, 비단에 수를 놓은 것처럼 아름다운 산천을 비롯해 인정 어린 마음 결이다.

"바쁘다, 바빠!"라는 말을 입에 달고 총총거리는 우리 살림을 돌아본다. 허둥지둥하며 하루 세 끼 먹고살기가 어찌 이토록 고달프냐고 넋두리한다.

고달픔이 하늘에서 뚝 떨어졌을까?

아니다. 산업사회를 이루는 데 힘 보탰다고 나대던 나를 비롯한 어른들이 잘못 살아온 탓이다.

'더 높이 더 멀리 더 빨리' 치달으면서 으스대던 그대는, 나는 행복한가.

우리는 늘 시간에 쫓겨 살아간다. 시간이란 무엇인가? 사람이 만들어놓은 금 같은 것이다. 겉으로 드러난 물리적 시간은 분명히 있다. 물리적 시간이 있어야 공동생활에 질서가 잡힌다.

그러나 물리적 시간과 심리적 시간은 성질이 다르다. 불안과 두려움은 심리적 시간을 부추겨 저 스스로 몰아세우는 데서 온다. 물리적 시간과는 상관없이 혼자 가만히 있는데 불안해하고 두려워하는 경우가 있다. 심리적 시간을 감당하지 못해서 그런 것이다. 사람은 심리적 시간에 쫓기는 데서 자유로울 수 있어야 한다.

물리적 시간은 주어진 것으로 내가 어쩌지 못하는 시간이다. 그러나 심리적 시간은 스스로 이끌 수 있다. 흔히 '인간성이 소멸하여간다. 사람 감성이 사라져간다.'라고 말하는데, 자연과 교감을 나누지 못하면 저도 모르게 감성이 녹슬고, 인간성이 메말라간다. 살아 있는 미라가 될 수밖에 없다.

　스승이 2006년 봄 법석에서 나눠주신 말씀이다. 시간에 쫓기는 우리에게 거기서 벗어나야 한다며 드잡이하는 스승은 조마조마하며 애타는 대부분이 마음이라는 허깨비가 지어낸 시간에 내몰리는 데서 오는 것이라고 흔들었다.

　스승은 속도와 효율성만 내세우다 넋이 빠진 요즘 사람 모습이 고스란하다면서 시간에 쫓겨 몹시 서두를 때 또는 다그치며 몰아세울 때 흔들린다고 말씀했다. 제한속도 시속 100km로 달려야 할 구간을 140km나 150km로 달리면 연료만 많이 쓰게 되는 것이 아니라 저도 모르게 들떠 뜻하지 않게 사고를 일으키지 않느냐고 짚었다. 기계가 아닌 사람은 감성을 지녔기에 차분히 생각하며 돌아볼 겨를을 가져야 하는데, 쫓기다 보니 기가 빠져 아무것도 할 수 없게 된다는 말씀이다.

　나는 사람이 더 잘살려고 만든 시간에 얽매여 스스로 옥죄고 있다고 여긴다. 시간이 본디 있던 것이든 사람이 만든 것이든 가릴 것 없이 시간을 누릴 수 있어야 임자다. 그런데 시간에 쫓기는 사람은 시간을 누리기는커녕 떠밀려 산다. 시간에 떠밀리지 말고 시간을 거느려야 한다.

　거느린다는 말은 그늘을 드리운다는 말에서 나왔다. 뿌리를 깊이 내리고 줄기를 튼튼하게 세워 잎이 우거진 나무라야 넓은 그늘을 드리울 수 있다. 사람도 속사람이 뿌리를 깊이 내리고 줄기를 튼튼히 세워 참다운 뜻을 줄기차게 펼쳐나가야 시간을 참답게 거느려 그늘을 드리울 수 있다.

스승 말씀을 듣고 굴뚝 신심이 일어나 어제는 그 절, 오늘은 이 절 끊임없이 찾아다니는 보살이 있었다. 스승이 그 보살에게 말씀했다.

마음에 등을 달아야지 그게 무슨 소용 있어요. 보살님,
그렇게 바삐 다니다 보면 극락을 지나치고 말아요.
쉬엄쉬엄 다니다가 극락이 보이면 싹 들어가야지.
지나치고 나서 가슴 쳐봐야 다 헛짓입니다.

처음엔 그저 우스갯소리로만 들었는데, 시간이 흐르고 되새겨보니 바삐 쫓겨 살면 참다운 삶을 잃어버린다는 말씀이다. 극락은 으뜸가는 즐거움을 일컫는 말로 스승 말씀은 참답게 누릴 겨를을 차버리며 어디를 쏘다니느냐는 일깨움이다.

'우리에게 시간은 무엇일까?' 하는 물음은 '나는 누구인가? 무엇 하려고 여기 있는가?' 하는 물음이나 다름없다.

나는 시간이 있거나 말거나 삶은 누려야 참답다고 새긴다.

그대는 시간을 뭐라고 받아들이겠으며, 삶은 또 어떻게 새기려는가?

시간을 살리다

지나가는 세월을 두고 옛사람들은 전광석화와 같다고 했습니다. 번개나 부싯돌에 불이 번쩍이는 것처럼 몹시도 짧음에 견준 말씀입니다. … 저는 평소 시간이 덧없음을 관념으로만 받아들였습니다. 그런데 지난겨울 눈병을 앓으며 시간을 새롭게 인식했습니다. 안약 처방을 받았는데 한 시간 간격으로 넣어야 했습니다. 그 한 시간이 어찌나 빠르던지 모래를 손에 쥐었을 때 손가락 사이로 모래가 빠져나가는 것처럼 술술 빠져나갔습니다. … 정신이 번쩍 들었습니다. 남은 시간 잔고를 다시금 생각하게 되었습니다.

시간이 덧없음은 노년에만 해당하지 않습니다. 남녀노소 누구에게나 똑같이 스물네 시간이 주어지고 또 쏜살같이 빠져나갑니다. 순간순간이 얼마나 엄숙한지, 순간을 어떻게 맞이하며 살고 있는지 깊이 살펴봐야 합니다. 우리는 그 시간 속에서 살기도 하고 죽기도 합니다.

또한 살아가면서 시간을 살리기도 하고, 죽이기도 합니다. 친구를 만나 유익하고 정다웠다면 시간을 살린 것입니다. 쓸데없는 소리나 하고 남 흉이나 보견서 시간을 보냈다면 그것은 시간을 죽인 것입니다.

틈

스승이 2009년 겨울 안거 해제 법석에서 하신 말씀을 간추린 글이다.

2008년 부처님 오신날에는 이런 말씀도 했다.

그리고 또 열 해 남짓, 이제 나 또한 무엇으로도 늙음을 덮을 수 없는 나이가 되었다. 그동안 죽여온 시간을 돌아보면 아찔하다.

스승은 평소 해가 바뀌면 젊은이는 나이를 먹고, 늙은이는 나이가 줄어들며, 수행자는 나이를 먹지 않는다고 말씀했다. 어째서 수행자는 나이를 먹지 않는다고 말씀했을까? '나'랄 것이 없

이 순간순간 흐름만 있는 줄 알고 난 사람이 나이를 들먹인다는
건 말이 안 된다는 말씀이다. 참다운 수행자라면 그때 그곳에 몸
담아지는 대로 만나는 이웃과 어울려 주어진 시간을 잘 살려야
한다는 말씀이다.

잘 살리는 것이라는 말씀을 흘려듣지 말고 짚어봐야 한다. 살
리는 것을 이름씨로 바꾸면 살림이다. 살림은 죽임에 맞서는 말
로 어떤 것보다 사랑을 앞세우는 낱말이다.

"친구를 만나 유익하고 정다웠다면 시간을 살린 것"이라는 말
씀을 살펴본다. 스승은 시간을 살렸다고 말씀했지만, 곱씹어보
면 만난 이웃과 나를 한꺼번에 살렸다는 말씀이다. 거꾸로 "쓸
데없는 소리나 하고 남 흉이나 보면서 시간을 보냈다면 그것은
시간을 죽인 것"이라는 말씀도 이웃과 나를 살리지 못했다는 말
씀이다.

사람들은 스승을 떠올릴 때 무소유를 떠올리곤 한다. 그러나
나는 스승이 가장 많이 하신 말씀은 사랑이라고 받아들인다.

스승은 틈날 때마다 "자비심이 부처이고 하느님입니다. 사랑
이 없으면 아무것도 아닙니다. 사랑에서 슬기로움이 움틉니다.
신앙생활을 하는 뜻은 거기에 있습니다."라고 했다. 어떤 날엔
"부처님은 어디서 오시느냐?"고 묻고는 바로 "자비심에서 오십
니다." 하고 답을 내놓았다. 누구라도 사랑 어린 마음을 일으킨

다면 세상 어느 곳에도 사랑이 그득할 것이다.

스승은 스승 말씀 가운데 아이들이 들어도 좋겠다고 여기는 글을 간추리고 다듬어 책으로 펴내기도 했다. 『법정 스님이 들려주는 참 맑은 이야기』와 『법정 스님이 들려주는 참 좋은 이야기』다. 그 가운데 『법정 스님이 들려주는 참 맑은 이야기』에 나오는 자비심 이야기를 다음에 나눈다.

'자비심이 곧 부처님'이라는 말이 있습니다. 이는 '하느님은 곧 사랑이다.'라는 말과 다름없습니다. 그러나 사람이 사랑을 사람에게만 베풀어지는 것으로 그친다면 그렇게 고귀할 것까지는 없습니다. 사람 아닌 미미한 생물에까지 그 사랑이 나뉘어야 비로소 그것이 정말 고귀한 것입니다.

사람에게 베풀 사랑도 모자란 판국에 다른 생물을 생각할 여유가 어디 있느냐고 대드는 사람에게는 같은 사람인 처지이면서도 나는 할 말이 없습니다. 그러나 미미한 생물까지 사랑하는 일이 옳으냐 그르냐 하며 가치 의식마저 없다면, 아무리 잘나고 멋진 사람이라도 그는 사람다운 사람이라고 하기는 어려울 것입니다.

다분히 개인 체험일 뿐이지만, '모든 살아 있는 생명을 죽이지 않겠다.'는 불교 계율 하나만으로도 나는 불교도가 된 것이 얼마나 고맙고 다행한가를 느낄 때가 더러 있습니다.

　같은 책에서 스승은 "내가 믿는 종교만 으뜸이라고 생각하는 독단만 넘어설 수 있다면 모든 종교를 하나로 보는 경지에 이를 수 있다."라고 말씀했다.

　시간을 명상한다면서 시간 이야기는 몇 마디 나누지 않고 어째서 사랑 이야기만 늘어놓느냐며 눈을 부라릴 분이 있을지도 모른다. 돌아보라, 사랑이 없는 시간은 죽은 시간일 수밖에 없다. 시간을 살리는 길은 이웃을 사랑 어린 눈길로 바라보고 따뜻한 손길로 보듬는 데서 열린다.

틈

이제 아니면 언제, 내가 아니면 누가?

즉시현금 갱무시절(即時現今 更無時節).
'이제보다 좋은 날은 다시 없다.'라는 말씀이다.

> 임제 선사 어록에서 좋아하는 한 구절 '즉시현금 갱무시절'
> 이라고 쓴 족자를 걸어놓으니 낯설기만 하던 방이 조금은
> 익숙해졌다. 바로 지금이지 다시 시절은 없다는 말. 한번
> 지나가버린 날을 되씹거나 아직 오지도 않은 앞날에 마음
> 을 두지 말고, 바로 지금 그 자리에서 힘껏 살라는 이 말씀
> 과 만날 때마다 나는 기운이 솟는다.
> 우리가 사는 것은 바로 지금 여기다. 이 자리에서 순간순간
> 을 저답게 힘을 쏟아 살 수 있다면, 그 어떤 일 앞에서라도
> 우리는 절대 뉘우치지 않으며 살 수 있을 것이다.

늘 마음에 담아두고 새기는 말씀인데, 스승이 하신 말씀과 똑
같다고는 할 수 없다. 그러나 담은 뜻은 크게 다르지 않으리라고
보아 어디서 만난 말씀인지 애써 찾으려 하지 않았다.
성미가 깔끔하지 못해 무엇이든지 뭉그적거리는 내 속을 꿰

뚫어 보셨을까 싶을 만큼 스승은 늘 '이제가 그때이지, 언제를 또 기다리려고 하느냐?"라고 흔드셨다.

우리는 지나간 '이제'를 '어제'나 '그제' 또는 '저제'라 부른다. 그러니까 사라져서 이제는 없는 날들이다. 우리는 아예 없던 것을 떠올릴 수 없기에 없다는 말은 있다가 이제 없는 것이다.

우리는 없어진 것이나 없어진 곳을 떠올릴 수는 있으나 돌이킬 수 없다. 돌아갈 수 없기에 애틋하다. 아무리 그리워해도 어제로 돌아갈 수 없지만, 주어진 이제는 한껏 누릴 수 있다. 내가 살아 있는 때는 '이제', 내가 살아 있는 곳은 '여기'다.

유영모 선생은 이렇게 말씀했다.

틈

> 내가 사는 데를 여기라고 한다. 그제 저제 내가 사는 것이 아니다. 이제 내가 사는 것이다. 사는 때가 이제이다. 사는 때가 이제, 사는 곳이 여기이다. 이어 이어 내려와서 여기가 된 것이다.
> 하느님이 나를 이어주고 나는 하느님과 이어지고 다시 이어 이어 여기 온 것이 '나'라는 것을 생각한다. 어머니 뱃속에서 나을 때도 이제 나왔고 운명할 때도 이제 숨을 걷는다고 한다.

아울러 이런 말씀도 했다.

이제는 참 신비이다. 우리가 알 수 있을 것 같은 신비가 이제이다. 그 이제에 목숨을 태우는 우리 인생은 역시 이제가 해결되지 않는 한 신비이다. 이제, 숨 쉬는 이는 한 숨이 들어가면 살고 뱉으면 죽는다. 영원히 숨을 뱉거나 그치면 죽는다. 이 찰나에 구십생사(九十生死)가 있다는 인도 사상은 분명히 신비 사상일 것이다.

이제라도 '이' 할 때 이제는 이른 것이다. '이' 할 때 실상은 이미 과거가 된다. 누가 물어도 대답할 수 있는 것이 이제이다. 이 이제를 타고 가는 목숨이다. '이'가 거듭됨이 영원이다.

이 말씀과 같이 이제 우리는 번갯불이 번쩍하는 '이' 틈에만 산다. 그러나 여기는 움직이지 않는다고 받아들여 흔들리지 않을 것이라 믿으며 마음 놓는다. 그런가?

우리가 디디고 있는 땅이나 들어앉아 있는 방도 거듭 떨리며 흔들린다. 이 글을 케이티엑스를 타고 가면서 다듬고 있다. 책을 읽을 때와는 달리 몹시 흔들리다 못해 떨린다고 느낀다. 이만큼은 아니지만, 우리가 사는 이 땅이며 집은 눈에 띄지 않게 또는 눈에 띄게 삭아 무너져 내리고 있다.

여기는 무너져 내리고 일어나는 틈새에 잠깐 있다. 그래서 여기는 다시 없는 곳이요, 이제는 더없는 때다. 바로 이제 여기에서 한껏 누리려면 어떻게 해야 할까?

서두를수록 더 자주 더 많이 놓친다. 쓱 둘러보고 어떤 걸 누리는 게 좋을지 깊이 생각한 끝에 '이거다!' 싶은 걸 골라 느릿느릿 한껏 맛을 보며 깊이 누려야 한다.

나는 운전면허를 따고 스무 해 남짓 해외에 나갈 때 말고는 어디에 가든지 차를 몰고 다녔다. 다리를 절어 걷기를 꺼렸기 때문이다. 오래전, 구두를 만드는 장인이었으나 사고로 오른손을 잃고 한 손으로 구두 만들기를 거듭해 장애인 구두 장인으로 거듭난 남궁정부 선생을 만났다.

세 살 때 소아마비를 앓아 오른 다리를 저는 나는 그보다 몇 해 전 남궁 선생을 찾아가 왼발과 오른발 높낮이가 다른 구두를 맞춰 신었다. 그리고 그동안 구두 굽을 한 번밖에 갈지 않았다. 까닭을 묻는 선생에게 "운동화를 즐겨 신는 탓이 크다. 그러나 늘 차를 몰고 다니는 나는 건물 지하에 차를 세우고 엘리베이터로 오르내리기에 굽이 닳을 겨를이 없었다."라고 했다. 이때 선생은 "지금은 괜찮은데……." 하고 뒷말을 흐렸다. 삼킨 말씀을 "걸어 다녀도 나이가 들면 다릿심이 빠지는데"라는 말씀으로 헤아렸다.

그 말씀을 곱씹으며 돌아오다가 나 홀로 다니면서 내뿜는 배기가스로 지구를 더럽히고 다릿심도 빼는 승용차를 몰고 다닐 까닭이 없다는 생각에 아내에게 전화했다. 그 뜻을 알리고 차를 팔면 어떻겠느냐고 조심스레 말을 건네니 선선히 그러라고 했다. 아내가 뜻을 모아주어 "이제 아니면 언제, 우리 아니면 누가?" 하고 작은 물꼬를 틀 수 있었다.

바로 중고차를 다루는 회사에 전화해 차를 가져가라고 했다. 나중에 동무들이 그렇게까지 해야 했느냐며, 차를 써야 할 때도 없지 않을 텐데 세워놓고 버스나 지하철을 타고 다닐 수도 있지 않았겠느냐고 나무랐다. 그러나 남한테는 모질게 굴 때가 적지 않으나 스스로에겐 넉넉하기 그지없는 내가 서둘러 차를 팔지 않았다면 날이 너무 더워서, 너무 추워서, 비가 와서 어쩔 수 없다며 끝내 운전대를 놓지 못했을 테다.

뚜벅이로 살다 보니 얻은 것이 많다. 차를 몰고 다닐 때는 사람도 풍경에 지나지 않았는데, 버스나 전철을 타며 걸어 다니다 보니 스치는 결에도 온기가 묻어난다. '거듭 빠름'에서 '한결 느림'으로 바꾸니 곁에 사람이 있었다는 말씀이다.

남태평양에 흩어져 있는 80여 개 섬에 20만 명이 채 안 되는 사람들이 오순도순 살아가는 아주 작은 나라가 있다. 취업률 7%대, 한 사람당 국민총생산이 3천 달러를 밑돌아 세계 233개 나라 가운데 207위다. 그런데도 이 나라는 2006년 영국신경제재단이 펼친 나라 행복지수 1위에 올랐다. 바누아투 이야기다.

이때 한국은 102위였다.

"가난하기 그지없는 나라 사람들이 어째서 싱글벙글하는가?"
라는 물음에 조지 보루구 관광청장은 "물질에 매달리지 않고,
단순 소박하고, 늘 서로 나누고 도두보는 데 젖어 있어 그렇다."
면서 "서로 아끼고 나누면 마음이 넉넉하다."라고 했단다.

19세기 서구 문명을 처음 받아들인 바누아투, 주머니에 돈이
두둑해 살림이 넉넉해졌다. 그런데 가진 게 늘어날수록 살가움
과 도타움이 사라졌다. 없는 가운데서도 콩 한 쪽도 나누어 먹을
만큼 인심 좋았던 이들이 돈에 눈이 벌게서 언니·아우도 몰라
볼 만큼 거칠어졌다.

걱정스러워하던 추장들이 머리를 맞대고 모은 뜻이 "원시로
돌아가자!"였다. "이제 아니면 언제, 우리 아니면 누가?"라는 마
음이 아니었을까?

롱렐 톰 아이말길 추장이 말했다.

"우리는 우리가 본디 누리던 삶으로 되돌아왔다. 이것이 우리
를 살리는 가장 좋은 길이기 때문이다."

하나라도 더 차지하려고 안달하는 마음을 내려놓고 가진 것
에 기꺼워하며 덜 가진 이와 나누는 삶.

껴안은 맑은 가난이 고스란한 바누아투에는 거지도 배고픔도
없다.

조금 떨어지면

만남에는 서로 영혼의 메아리를 주고받을 수 있어야 한다. 너무 자주 만나면 서로 그 무게를 쌓을 시간 여유가 없다. 멀리 떨어져 있으면서도 마음에 그림자처럼 함께 있을 수 있는 그런 사이가 좋은 친구일 것이다. 만남에는 그리움이 따라야 한다. 그리움이 따르지 않는 만남은 이내 시들해지게 마련이다.

우리가 세상을 살아가면서 가장 기쁜 일이 있을 때 또는 가장 고통스러울 때, 그 기쁨과 고통을 함께 나눌 수 있는 그런 사이가 좋은 관계다. 진정한 친구란 두 몸에 깃든 하나의 영혼이란 말이 있다. 그런 사이는 멀리 떨어져 있을지라도 멀리 있는 것이 아니다. 바로 지척에 살면서도 일체감을 함께 누릴 수 없다면 진정한 벗일 수 없다.

사랑이 맹목적일 때, 곧 사랑이 한 존재 전체를 보지 못하는 동안에는 관계 근원에 이르지 못할 것이다.

스승은 "사람 사이가 알맞게 떠야 그 사이에 그리움이 따르고 사랑이 고인다."라고 말씀했다. 친구를 이웃이나 식구라고 바꿔도 말씀하려는 뜻에서 벗어나지 않는다.

불이 따뜻하다고 너무 가까이하면 데듯이 사람과 사람 사이도 그렇다. 믿거라 하여 너무 놓아둬도 잃고, 너무 빠져들어 매달려도 잃고 만다. 나와 너, 나와 세상 사이에 알맞은 거리를 둬야 하는 까닭이다. 붙어 있으니 끈끈해지고 떨어져 있다고 옅어진다면 사랑이라 할 수 없다. 가시버시가 너무 스스럼없이 굴기보다는 서로 손님을 맞이하듯 하면 어떨까.

청소하는 까닭을 어디에 두는가?

깨끗하게 하는 데 둔다고 여기는 분이 많을 테지만 살짝 엇나갔다. 집을 깨끗이 하겠다면서 팔 걷어붙이고 먼지를 떨고 걸레질하며 수선을 떤다. 갸륵하게도 아이가 나가는 김에 음식물 쓰레기도 버리겠다며 들고 달려 나가다가 그만 소파 다리를 걸어차며 넘어졌다.

봉투가 터져 거실이 음식물 쓰레기 냄새로 뒤덮인다. 급기야 아이에게 "왜 시키지 않는 짓을 하니? 누가 너보고 음식물 쓰레기 갖다 버리랬어!" 소리 지른다. 아이 눈에 금세 그렁그렁 눈물이 어린다. 뜻하지 않게 눈에 넣어도 아프지 않다고 여기던 아이 마음에 깊은 생채기를 남겼다.

어째서 소리쳤을까?

청소하는 까닭을 깨끗하게 하는 데 뒀기 때문이다. 깨끗이 하려는 까닭을 깊이 파고들어 가면, 집안 식구들과 오순도순 살려는 데 뜻이 있다. 그런데 그걸 놓치고 깨끗이 치워놓은 거실이 음식물 쓰레기 범벅이 되었다는 생각에 빠져 좋은 마음으로 엄마를 거들겠다고 나섰다가 넘어진 아이한테 어디 다친 데 없냐고 묻기는커녕 꾸짖고 말았다.

어떻게 해야 할까?

먼저 어떤 일을 하든 일하는 까닭을 깊이 파고들어 뜻을 새겨야 한다. 그리고 어떤 일이 벌어졌을 때 바로 반응을 쏟아내지 말고 숨부터 내쉬어야 한다. 길게 숨을 내쉰 다음 들이마시고 또 내쉬고 들이마시기를 서너 차례 하며 숨을 고르다 보면 일렁이던 마음이 가라앉는다. 그러는 사이에 깨끗하게 하려는 까닭을 떠올릴 수 있다.

거기까지 생각이 미치지 못한다고 하더라도 아이 걱정이 앞선다. 아이한테 소리를 지른 밑바탕에는 저 아이를 내가 낳았다는 생각이 깔려 있다. 그러나 알고 보면 아이는 엄마 몸을 거쳐 나왔을 뿐이다.

부처님은 "내 몸도 내 것이 아니거늘 아이를 내 것이라고 할 수 있겠느냐?"라고 말씀했다. 이 말씀대로 나와 아이 사이가 붙어 있다고 생각하지 말고 거리를 뒀다면 어땠을까? 아이가 아닌 손님이 거들겠다고 음식물 쓰레기 봉투를 들고 나가다가 넘어져서 거실이 난장판이 되었더라도 소리를 질렀겠느냐는 말씀이다. 어버이와 아이 사이도 서로 손님을 맞이하듯 하면 잘못을 저지르는 일이 줄어든다.

살면 살수록 '사람 사이'를 어우르는 일이 힘들다고 느낄 때가 많다. 살아가면서 일어나는 어려움은 대부분 알맞은 '거리'를 지키지 못했을 때 벌어진다. 가까워졌다 싶어 살갑게 굴다가 상대가 뜨악해할 때가 적지 않으며, 거꾸로 상대가 너무 바싹 다가와 짐스러울 때도 없지 않다.

알맞은 거리는 얼마일까?

> 내게 일어나는 사건과 반응에는 '사이'가 있다. 바로 그 '사이'에 내가 어떻게 반응할지를 고를 힘과 자유가 있다. 고르는 '사이'에 내가 자라며, 마음이 늘인다.

틈

스티븐 코비가 한 말이다. 일어나는 일은 어찌할 수 없으나, 그에 따른 반응은 내 뜻대로 할 수 있다는 이 말씀을 놓치지 말아야 한다.

평소 품었던 뜻대로 반응하려면 사이가 조금 떨어져 있는 것이 좋다. 알맞춤하게 떨어진 사이를 두고 나다운 줏대를 바로 세우고 있으면 어떤 일이 느닷없이 일어나도 품어왔던 뜻에 따라 반응할 수 있다.

잇기에 사랑할 수 있어

2,600여 해 앞서 부처가 펼친 뜻이 어떻게 오늘까지 이어올 수 있었을까? 부처가 품은 사랑과 그 결을 이어 사랑을 펼친 이들이 있기 때문이다. 그래서 나는 '잇다=있다'라고 받아들인다. 어버이 몸을 잇고 앞선 이들이 펼친 뜻을 이어받은 나는, 잇닿아 있는 이웃과 서로 받쳐주며 어우렁더우렁 살아간다. 이토록 물들고 물들이는 사이에 사랑이 어리어 가만가만 차오른다. 이 마음 밭에서 열한 해 앞서 펼친 결이 있다. 부처가 내놓은 '사랑' 그대로 살자며 나선 불교 모임 신대승네트워크 사람들이 모은 뜻을 내가 엮었는데, 아침 예불을 하거나 이런저런 모임 자리에서 켜고 있다.

어울려 살림

• 늘 깨어 있겠습니다

나만 잘살겠다고 아등바등하는 데서 괴로움이 일어난다는 것을 아는 우리는, 동떨어진 '나'라는 것이 없이 이웃과 이

어져 있음을 바로 보며 '너를 살릴 때 비로소 내가 살 수 있
다'란 밑절미에서 살림살이를 빚겠습니다. 움켜쥐고 쌓아
두려는 그릇된 생각이 들지 않도록 힘쓰고, 내 생각에 어긋
난다고 여길 때 치미는 부아를 다스리겠습니다. 늘 참답게
깨어 이웃하는 그대와 사이좋게 살겠습니다.

• 옹글게 말하고 귀담아듣겠습니다
생각 없이 내뱉는 말과 옹글지 못한 말, 이웃이 하는 말을
귀담아들을 줄 모르는 데서 괴로움이 온다는 것을 아는 우
리는, 생각을 벼려서 할 말은 하고 못 할 말은 하지 않겠습
니다. 이웃하는 그대가 말할 때는 생각을 멈추고 귀담아듣
겠습니다.

• 배움터와 일터를 옹글게 꾸려가겠습니다
배움터와 일터가 서로 살림터인 줄 다는 우리는, 바르게 배
우고 거둬들인 것을 어울리는 그대와 누리에 고루 돌아가
도록 하겠습니다. 맡아 하는 일이 벼슬이 아닌 줄 아는 우
리는, 더불어 배우고 일하는 그대를 도두보겠습니다.

• 옹글게 쓰겠습니다
바람직하지 못하게 살아가는 데서 괴로움이 온다는 것을

아는 우리는, 주어진 것에 기꺼워하고 바르게 먹으며 덜 쓰
고 덜 버리겠습니다. 술을 취하도록 마시거나 놀이 따위에
빠져 제구실을 놓치지 않도록 하겠습니다.

• 참다운 누리를 이루겠습니다

따돌리거나 괴롭히는 것이 살림을 가로막는 줄 아는 우리
는, 누구도 따돌리거나 괴롭히지 않겠습니다. 주어진 힘(주
권)을 바르게 써서 우리나라가 열린 누리로 거듭나는 데 앞
장서겠습니다. 주어진 것이 많지 않더라도 기꺼이 나눠 굶
주리는 이웃이 없는 참다운 누리를 이루겠습니다.

• 온 목숨을 아끼고 사랑하겠습니다

모든 목숨에는 사랑 씨앗이 있어 어떤 목숨을 앗더라도 사
랑이 오시는 길을 가로막는다는 것을 아는 우리는, 나무와
사람이 숨을 주고받듯이 모든 목숨이 다 이어져 있다는 밑
절미에서 나와 우리 식구를 아끼는 것처럼 온 목숨을 아끼
고 사랑하겠습니다.

여섯째 마디를 여는 말씀은 본디 "모든 목숨에는 부처님 씨앗
이 있어 어떤 목숨을 앗더라도 부처님 오시는 길을 가로막는 짓
이라는 것을 아는 우리는"이었다. 그런데 예수나 부처처럼 거룩

한 어른들은 다 사랑 뭉치라고 여기고, 언저리에 있는 우리는 사랑 씨앗이 덜 움텄다고 받아들여 '사랑'이라고 바꿔 읊었다. 흔히 맺는말이라고 하는 이 꼭지를 '잇기에 사랑할 수 있어'라고 한 까닭도 부처와 예수가 펴신 사랑을 이어 이웃을 아우르다 간 법정 스님 가까이서 곁불을 쬐며 내 마음 바탕이 걸어졌다고 여기기 때문이다. 아울러 마지막 꼭지를 읽고 계신 그대와 내가 이 책을 사이에 두고 뜻을 이어 사랑 어린 사이가 되어 마침내 사랑 뭉치가 되기를 비는 마음에서다.

법정 스님 결 따라 사랑을 잇다

초판 1쇄 인쇄 2025년 12월 15일
초판 1쇄 발행 2025년 12월 20일

지은이   변택주
펴낸이   한익수
펴낸곳   도서출판 큰나무
등록   1993년 11월 30일(제5-396호)
주소   (10424)경기도 고양시 일산동구 호수로 430번길 13-4
전화   031 903 1845
팩스   031 903 1854
이메일   btreepub@naver.com
블로그   blog.naver.com/btreepub

값 17,800원
ISBN 978-89-7891-410-9 (03810)